LETTRES

DE

M. GRÉGOIRE.

Imp°. de Mad. JEUNEHOMME-CREMIÈRE, rue Hautefeuille.

LETTRES

DE

M. GRÉGOIRE,

ANCIEN ÉVÊQUE DE BLOIS,

ADRESSÉES

L'UNE A TOUS LES JOURNALISTES,

L'AUTRE A M. DE RICHELIEU;

Précédées et suivies

DE CONSIDÉRATIONS SUR L'OUVRAGE DE M. GUIZOT,

Intitulé : du Gouvernement de la France depuis la restauration, etc;

Par BENJAMIN LAROCHE.

> Le plus grand, le plus beau spectacle que puisse offrir la terre aux regards du ciel, c'est celui de l'homme de bien aux prises avec l'adversité et la persécution.
> SÉNÈQUE.

SECONDE ÉDITION.

A PARIS,

CHEZ TOUS LES MARCHANDS DE NOUVEAUTÉS.

———

.1820.

LETTRES

DE

M. GRÉGOIRE.

CHAPITRE PREMIER.

De M. Guizot doctrinaire et de M. Guizot libéral.

C'est sans doute une tâche délicate que celle que je m'impose; je ne me suis pas dissimulé la difficulté d'un pareil travail. L'ouvrage que j'attaque a eu une telle vogue dès l'instant de son apparition, je professe moi-même une telle estime pour le caractère de son auteur, tant de rapports unissent ses opinions aux miennes, qu'on pourra justement s'étonner en me voyant prendre la plume pour le réfuter. Cette apparente contradiction n'en est point une; *amicus Plato; sed magis amica veritas*. J'honore, j'estime M. Guizot; ses rares talens, ses connaissances en administration et en politique sont, selon moi, l'espérance de la patrie à qui ils promettent un bon député, un ministre loyal. Je préfère M. Guizot au plus grand nombre de nos hommes d'état; mais je lui préfère la vérité: et si un spectacle douloureux s'est ja-

mais offert à moi, c'est celui de son dernier ouvrage, où, parmi des aperçus pleins de lucidité
et de profondeur, au milieu des sentimens em-
preints du patriotisme le plus pur, du plus brûlant amour de la liberté, se rencontrent des pa-
radoxes étranges, des erreurs capitales et des
jugemens erronnés. Cette bigarrure dans les idées
de M. Guizot a certes lieu de surprendre; mais
en y réfléchissant on cessera de s'en étonner. On
ne peut disconvenir qu'il y a deux hommes dans
M. Guizot; tous deux sont de bonne foi, et conséquemment tous deux sont respectables. Dans l'un
on aperçoit encore le *doctrinaire;* dans l'autre se
découvre déjà le *libéral.* Delà cette double empreinte dans ses idées et dans sa politique; delà
ces apparentes contradictions qui ont tant réjoui
nos ultràs. Le *libéral* pense toujours bien; ses opinions sont toutes françaises et constitutionnelles.
C'est lui qui a tracé le tableau énergique de la
cour; c'est lui encore qui a présidé au portrait des
bonapartistes; c'est lui qui a dicté tout le chapitre VI et tout le chapitre X: mais cette multitude
de principes faux, de données mensongères, cette
idéologie qui ne sait pas trop ce qu'elle veut,
c'est assurément au *doctrinaire* qu'il faut les attribuer. C'est donc au *doctrinaire* seul que je vais
parler, et si mes expressions ont quelque chose
de trop vif, si, entraîné par de si grands et de si
graves intérêts, mon indignation contre l'ouvrage
me fait perdre de vue le respect que m'inspire
l'auteur, c'est à M. Guizot *libéral* que j'en appel-
lerai des plaintes de M. Guizot *doctrinaire.* Dans
un moment où les destinées de la patrie semblent
être abandonnées aux caprices d'une faction, et
où l'ouvrage de M. Guizot portant l'empreinte d'un
vrai patriotisme et d'un talent supérieur peut
exercer sur la raison nationale une influence que
j'oserai appeler décisive, il est utile il et indispen-

sable de faire la séparation du bon or d'avec le faux, du bon grain d'avec l'ivraie; nous ne devons pas souffrir que nos concitoyens soient induits en erreur sur de si grands intérêts et M. Guizot lui-même, tout en ne partageant peut-être pas mes opinions, ne pourra qu'approuver mes intentions.

Avant d'entrer en matière, je crois devoir prévenir que je divise mes griefs contre M. Guizot en deux parties essentiellement distinctes; dans la première classe, je rangerai les erreurs sur les *doctrines*, et dans la seconde, les erreurs sur les *personnes*. Quoiqu'à vrai dire, l'erreur sur les *personnes* ne provienne le plus souvent que de l'erreur où nous sommes sur les *doctrines*, cependant j'ai cru devoir adopter cette division pour donner plus de clarté à mes observations. Parlons d'abord des *doctrines*.

CHAPITRE II.

Erreurs de M. Guizot sur les doctrines. — De l'Augmentation du nombre des députés.

JE ne sais si je me trompe, mais il m'a semblé que le fondement de la doctrine de M. Guizot était le principe de la souveraineté parlementaire. A ses yeux, le parlement est un monarque d'autant plus respectable, d'autant plus puissant, qu'il est composé d'un plus grand nombre de législateurs ; delà les vœux que n'a cessé de faire M. Guizot pour l'augmentation du nombre des députés, delà encore ses vœux pour la substitution d'un renouvellement *intégral* et *quinquennal*, à nos renouvellemens *annuels* et *partiels*. Delà encore ses vœux hautement manifestés pour que l'initiation des lois soit accordée aux chambres. Rien en un mot de ce qui peut ajouter à l'importance politique, à la suprématie politique, j'oserai même dire, au despotisme politique des chambres, n'est omis par M. Guizot dans ses projets pour le perfectionnement de notre système représentatif. De ces trois objets, l'augmentation des députés, le renouvellement intégral et l'initiative des chambres, cette dernière seule me paraît praticable et désirable. Il est juste que les chambres étant les organes directes de la nation, elles puissent intervenir dans les propositions des lois que réclame la nation, et prendre pour cet objet capital une généreuse initiative; mais les deux autres mesures, objets des vœux de M. Guizot, serviraient-elles utilement la liberté du peuple? Ne seraient-elles pas au contraire fatales à cette liberté? c'est ce qu'il faut examiner avec toute la maturité que réclament des objets d'une si haute importance.

Dans l'état actuel des sociétés, les peuples ne pouvant intervenir par eux-mêmes, comme à Rome et à Athènes, dans les actes législatifs, il a fallu qu'ils se fissent représenter. Pour que cette représentation ne fût pas illusoire, il a fallu la constituer de telle manière qu'elle fût le moins possible exposée à l'influence du pouvoir, le plus possible dévouée aux intérêts qu'elle représente, aux intérêts nationaux. A cet effet, les peuples ont dû jeter les yeux sur les grandes *notabilités* nationales, non les notabilités de fortune; l'expérience a prouvé que les peuples qui avaient cherché leur salut dans une pareille garantie avaient été trompés dans leur espoir; mais bien

les notabilités de talens, de vertu, de caractère surtout, de ce caractère qui, éprouvé au sein des orages et des adversités, est, de toutes les qualités humaines, la plus précieuse, mais la plus rare. Le
nombre n'en est pas grand de ces hommes seuls
capables d'être de dignes représentans de leurs
concitoyens. En France surtout, il semble dimi-
nuer tous les jours; tous les jours la mort nous
enlève quelques-uns de nos grands citoyens. Je
le demande à tout homme impartial, augmenter
le nombre des choix, n'est-ce pas accorder aux
mauvais choix une chance de plus? N'est-ce pas
atténuer l'influence des bons choix qui, nécessairement limités, se verraient annulés par le fait, le jour
où le nombre des mauvais choix aurait prévalu?
N'est-ce pas ouvrir un plus vaste champ à l'intrigue, à la corruption ministérielle? N'est-ce pas,
en un mot, donner une prise plus ample aux
attaques dirigées par le pouvoir contre la partie vulnérable de toutes les assemblées représen-
tatives? En vain objecte-t-on que, lorsque les représentans sont nombreux, un plus grand nombre
d'intérêts est représenté. Il ne s'agit pas ici d'intérêt de *localité*; sans cela, il n'y aurait pas de
raison pour que toutes les professions, tous les
arts, toutes les sciences, ne voulussent être re-
présentés; nous aurions les représentans des *bou-
chers*, des *cordonniers*, des *vignerons*, des *savans*,
des *artistes*, etc.... Ne voit-on pas que tous ces
intérêts divers se réduisent à un intérêt unique,
l'intérêt général? Un député ne représente pas
telle commune, tel département en particulier,
il représente la France entière; il n'est pas le député d'une ville, il est le député de la nation. Si la
loi a attribué à tel département la nomination
de tel nombre de députés, à tel canton la nomination de tel autre nombre, elle a voulu, non
que ce canton, ce département se donnassent des

organes de leurs intérêts , de leurs besoins particuliers , mais qu'ils servissent à constater par leurs choix une portion donnée du vœu général. Je connais tel député qui met peu d'importance à son vote. Il en gratifie sans peine le pouvoir , non qu'il cède à la corruption ministérielle , mais il lui semble que ce n'est pas pour voter qu'il a été nommé. Ce soin est le moindre de ses soins... Que la liberté de la presse soit menacée, que la liberté individuelle elle-même soit en péril par des lois liberticides ; M. de C...... n'en tiendra compte , et il votera pour le ministère qui demande de pareilles lois , sans croire aucunement ne pas remplir son devoir de bon et loyal député. Des soins plus importans à ses yeux l'absorbent. Chaque jour son cabinet ne désemplit pas de solliciteurs de son département qui viennent instamment, en qualité de ses commettans , le prier d'appuyer leurs réclamations auprès du ministre. Celui-ci désire une place de conservateur des eaux et forêts ; celui-là un petit emploi de sous-secrétaire d'état ; cet autre ne demande rien pour lui, mais il sollicite pour l'un de ses parens une pension sur l'état ; plus loin , ce sont des propriétaires qui viennent demander qu'on leur permette de dessécher eux-mêmes leurs marais , de défricher leurs landes , sans remettre ce soin à des compagnies avides et intéressées.... M. de C.... écoute tout le monde, sourit à celui-ci, serre la main à celui-là, leur promet à tous de les servir et de s'employer pour eux. « Ce n'est que pour cela qu'il est leur « député ; il connaît son mandat, il y sera fidèle.» Et en effet, il leur tient parole. Tous ses jours , tous ses instans sont employés à assiéger les antichambres des ministres, à relancer M. Siméon jusque dans son cabinet de travail ; au besoin il pénétrera jusqu'au roi ; il n'est rien qu'il ne fasse pour appuyer les réclamations de ses chers compatriotes. Il est vrai de dire qu'il ne s'oublie ni lui ni les siens. Déjà ses deux fils occupent des grades dans l'armée. Il songe déjà à obtenir le brevet de colonel pour son aîné; car c'est le soutien de la famille, l'espoir de sa race. Charité bien ordonnée commence par soi-même. Une préfecture, dit-on, ne lui déplairait pas. Il n'a pu jusqu'ici l'obtenir encore; mais, patience, cela viendra. Ainsi, les cinq années de son mandat se passent en visites ministérielles, en courbettes de cour, en démarches sans nombre et en courses vaines, et, tout occupé de ces soins importans, il n'entend pas le bruit des chaînes que son vote a contribué à imposer à ses concitoyens; les cris de cent mille Français réclamant le maintien de la loi du 5 février ne parviennent pas jusqu'à lui; et tout entier à ses sollicitations frivoles, il ne songe qu'à obtenir, pour les prochaines élections, les voix de son département. Et comment ne les obtiendrait-il pas?..... Il n'est pas un électeur qui ne lui ait adressé ses réclamations et qui, grace à lui, n'en ait obtenu le succès...... Il sera donc réélu et portera dans sa nouvelle carrière législative, cette ridicule ardeur à solliciter et cette criminelle indifférence pour le salut de la patrie par lesquelles il a signalé la première.

Certes, ce serait avilir étrangement le rôle d'un représentant du peuple que de le borner à servir des intérêts de localité et de personne; et cette erreur, dans laquelle sont encore aujourd'hui un grand nombre de citoyens honnêtes, n'a pas peu contribué au résultat sinistre de la dernière session. Que cette grande et mémorable leçon ne soit pas perdue pour nous! Ne donnons nos voix qu'à des hommes assez forts et assez grands pour détourner leurs yeux de ces petites considérations particulières, et ne les élever qu'aux considérations générales et à ces grandes pensées qui recèlent dans leur sein les destinées des peuples.

Cette raison de *localité* ne saurait donc être apportée pour prouver la nécessité d'augmenter le nombre des députés, et en cela je suis loin de partager l'opinion de citoyens honorables qui pensent que plus la représentation est nombreuse, plus la liberté d'un peuple est assurée. Je pense, au contraire, que plus elle sera limitée, plus la liberté aura de chances, plus le despotisme ministériel aura d'obstacles à surmonter et de résistances à vaincre. Certes on ne me contestera pas qu'il ne soit plus facile de faire deux cent cinquante bons choix que d'en faire quatre cent vingt-deux. En élevant à ce dernier nombre notre chambre élective, je persiste à penser que c'est un mauvais service qu'on a rendu à la liberté. Que ceux qui n'en sont pas persuadés considèrent que ce service nous vient des mêmes mains qui ont enté le privilége sur l'arbre de l'égalité en faussant le système électoral, les mêmes qui ont enchaîné la pensée de nos journaux, et établi un triumvirat ministériel sur les ruines de la liberté individuelle. On a beau me vanter ce bienfait; je crains tout des ennemis de la nation, même le bien qu'ils prétendraient lui faire malgré elle.

Timeo danaos, et dona ferentes.

CHAPITRE III.

Du Renouvellement intégral.

RESTE à examiner la question du renouvellement *intégral* et *quinquennal*. Ce système, qui formait la base du projet présenté par M. Decaze, le lendemain de l'horrible attentat du 13 février, est, sans aucun doute, le système auquel les doctrinaires tiennent le plus...... c'est en un mot leur idée favorite..... Aussi, M. Guizot y revient-il sans cesse. Sans cesse, il nous le fait entrevoir comme la planche de salut sur laquelle la révolution peut encore échapper aux orages élevés par l'ancien régime. Je ne partage point cet étrange engouement et, loin de voir dans cette servile imitation de la constitution anglaise, le salut de la patrie, j'aperçois en elle le tombeau de la liberté et le triomphe du despotisme ministériel.

Lorsque je veux juger une institution, je ne considère pas si cette institution existe chez d'autres peuples ; je ne vois pas ce que la France gagnerait à prendre exemple d'autres que d'elle-même. Qu'on jette les yeux sur le système de la constitution anglaise, dont les innombrables rouages attestent la barbarie et l'ignorance des temps où elle reçut la naissance. Est-ce dans ce répertoire ténébreux où l'on trouve tout, le bien comme le mal, les dispositions les plus féodales comme les plus dignes d'un peuple libre, les contradictions, en un mot, les plus choquantes, que le peuple français doit chercher des modèles ? Il est bien temps que nos hommes d'état se défassent de ce préjugé ridicule qui place toutes les perfections idéales dans cette île enchantée, dans cette nouvelle Atlantide. M. Guizot surtout me paraît possédé de cette *anglomanie*. A chaque ligne, le nom de l'*Angleterre* vient naître sous sa plume. Je veux qu'on cherche des leçons dans l'histoire des autres peuples ; mais cette recherche ne doit pas être poussée trop loin ; elle finirait par dégénérer en une affectation dont s'offenserait à juste titre l'orgueil national. Le spectacle que présentent aujourd'hui ces fiers insulaires n'est-il donc pas assez déplorable, ne parle-t-il pas assez haut à l'intelligence de tous les peuples, pour qu'on ne se hâte pas d'aller puiser des exemples dans des institutions dont ils commencent à sentir eux-mêmes tous les vices ? N'est-ce pas à leurs *parlemens septennaires* que les Anglais doivent les maux qui les affligent? Les renouvellemens annuels sont peut être la plus heureuse des combinaisons de notre gouvernement représentatif. Grace à cette sage mesure, l'opinion de la nation trouve, chaque année, de nouveaux organes. Chaque année, de nouveaux membres viennent s'asseoir sur les bancs ministériels ou sur les bancs de l'opposition, et viennent par là constater le vœu et l'opinion du jour. Il faut, dans le premier cas, que les ministres se rendent à l'évidence, sous peine de voir bientôt, grâce à ces recrues partielles et successives, la majorité passer dans les rangs de cette opposition dont ils ont méprisé la voix. Dans le cas contraire, en voyant les nouveaux élus du peuple s'asseoir sur leurs bancs, ils s'affermissent encore dans le système qu'ils ont suivi, et leur conscience se rassure, convaincus qu'ils sont que la nation est de leur côté. N'est-ce donc rien que cette censure nationale, exercée, chaque année, sur les actes du ministère, et manifestée non par des vœux stériles, des pétitions impuissantes et que méprise une majorité égarée, mais par de hautes et redoutables leçons qui avertissent l'orgueil des ministres qu'ils ne doivent pas tout oser, et que l'époque approche de jour en jour où une majorité toute constitutionnelle les précipitera de ce pouvoir dont ils abusaient, et leur demandera un compte sévère d'une administration coupable? Supposons, au contraire, une chambre en exercice pendant cinq ou sept années consécutives. D'abord, le ministère a un terrain tout autrement vaste pour dresser ses batteries; la majorité qu'il n'a pu se créer la première année, il se la créera à la seconde ou à la troisième. Une fois cette précieuse majorité acquise, il aura encore cinq ou six ans à dormir tranquille, sans être réveillé par la voix de la vérité. L'opposition criera; il laissera crier l'opposition pendant cinq ou six ans. Ce n'est qu'à la dernière année qu'il songera à se mettre en ordre. Mais, pendant cet espace de temps, que de maux se seront accumulés! Que de mauvaises lois promulguées! Que de mesures destructives adoptées! Quel immense travail réparateur légué à l'assemblée qui doit succéder! Ce ne sera pas trop des sept années qui lui sont attribuées par son mandat pour réparer tant et de si grands désastres. Encore est-ce grand hasard si, au bout de quelques années, la nouvelle chambre ne se laisse pas elle-même corrompre et n'accumule pas de nouveaux maux sur les maux qui lui ont été légués. Et c'est ainsi que sont jouées les destinées des nations?.... Je ne crains pas de le dire, de tous les systèmes de gouvernement, celui-là est le pire qui légalise le despotisme et couvre tous ses excès du manteau respectable des lois. Mieux vaudrait cent fois, à mon sens, un despote qui se bornerait à se soumettre les personnes, sans prétendre se soumettre aussi la conscience nationale. Je conçois que ce despotisme parlementaire soit, de tous les despotismes,

regardé comme le plus commode, par les dépositaires du pouvoir ; mais, ce que j'ai peine à concevoir, c'est qu'il nous soit sérieusement proposé
par un écrivain et un homme d'état qui fait pro-
fession d'aimer la liberté.

A quoi attribuer cet aveuglement, si ce n'est à
cette manie des systèmes *idiologues,* qui se complaît dans de pompeuses abstractions, sans s'em-
barasser de leur application ?

CHAPITRE IV.

De la Souveraineté nationale.

De tout cela il résulte que M. Guizot place
dans la nation l'origine et la source de tout pouvoir. En armant le parlement d'un pouvoir dis-
crétionnaire, en lui donnant la consistance du
despotisme le mieux affermi par la durée dé-
mesurée de son mandat et le grand nombre de ses
membres, il a cru personifier la puissance nationale et donner plus de majesté et de force
à cette puissance. Car ce parlement, c'est le peuple qui l'élit ; cette majorité souveraine qui dis-
pose pendant sept années des destinées de la patrie, c'est la patrie qui lui a conféré ses pouvoirs.
Nous avons prouvé plus haut que, loin d'assurer
à la nation la souveraineté c'était la tyrannie du
ministère que l'on assurait par ce moyen. Cependant toujours est-il vrai que dans la pensée de
M. Guizot, c'est la *souveraineté du peuple* qu'il
a voulu établir, au moyen de la *souveraineté*

parlementaire dont en définitive l'origine est dans le peuple.

De quel étonnement ne serons-nous donc pas frappés quand nous lirons dans l'ouvrage de M. Guizot qu'il ne croit pas à la souveraineté du peuple; que le système d'une pareille souveraineté lui paraît subversif de tout ordre social? Nous demanderons très-humblement à M. Guisot de vouloir bien s'expliquer.

« Quoi! lui dirons-nous, vous établissez d'une part la souveraineté du parlement. Vous consacrez même un chapitre entier (le chapitre x) à l'établissement de ce principe. D'autre part, vous convenez que ce parlement est élu par le peuple; qu'il tient tous ses pouvoirs du peuple; d'où nous conclurons que c'est le peuple qui règne par l'intermédiaire de ses représentans; d'où nous inférerons que vous avez voulu adopter par là le système de la souveraineté du peuple. Et c'est vous qui, quelques pages plus haut, déclarez que ce système n'est pas le vôtre! Soyez donc conséquent. Il y a ici deux hypothèses. Où votre parlement n'est pas souverain comme vous prétendez le prouver dans votre chapitre x, et alors évidemment le peuple de qui il tient ses pouvoirs n'est pas souverain non plus. Mais alors que devient votre chapitre x ?

Ou il est souverain, et le peuple de qui émane cette souveraineté est en définitive le seul souverain.

Je défie M. Guizot de sortir de ce dilemme. Ce qui restera pour certain, ce qui résultera de ce que nous venons de dire, c'est que de deux choses l'une, ou M. Guizot professe le principe de la souveraineté du peuple sans y croire; ou, ce que je serais plus porté à penser, il y croit, et a peur de le professer ouvertement. J'admettrai cette dernière hypothèse comme plus honorable pour le caractère de M. Guizot.

Il y a long-temps que l'on a discuté le principe de la souveraineté du peuple. Il faisait la base des républiques anciennes. Rome lui a dû sa grandeur, Athènes ses époques de gloire. Dans nos temps modernes, la Suisse, la Hollande, les Etats-Unis l'ont proclamé; récemment encore, l'Espagne, Naples et le Portugal viennent de le donner pour fondement à leur constitution.

La France l'a solennellement reconnu en 89; et la constitution de 91 lui doit la vie. Ce consentement que j'oserai appeler universel est une autorité, ce me semble, assez imposante; et cependant, chose étrange! A peine si on ose énoncer en France l'idée du peuple souverain! A ce seul mot de souveraineté du peuple, voyez-vous les antiques douairières du faubourg Saint-Germain froncer le sourcil, nos hommes d'état s'alarmer, tout l'ancien régime pâlir de terreur et redouter une révolution nouvelle! Il faut que ce mot ait sur une foule d'hommes une influence bien désastreuse, puisque M. Guizot lui-même, qui croit à la souveraineté du peuple, comme son ouvrage le prouve jusqu'à l'évidence, craint d'en énoncer le principe, et, de peur qu'on ne lui fasse un crime de sa pensé, se hâte de déclarer qu'il n'est pas du nombre de ceux qui professent un pareil système.

Je remarquerai ici que la France est peut-être, de tous les pays de l'Europe, celui où l'on énonce sa pensée avec le moins de clarté, et où le courage de la vérité est le plus rare. Ici plus qu'ailleurs, un voile officieux couvre les idées hardies et en dérobe la hardiesse; on s'enveloppe de prétemission de réticences sans fin, et, pour reconnaître la vérité à travers ce nuage équivoque qui la couvre, force serait d'avoir les yeux de ce Lyncée que la fabuleuse Grèce donne pour pilote aux héros vainqueurs des Hespérides. Et nous nous croyons une nation constitutionnelle! et nous parlons de liberté, quand la vérité n'ose qu'en tremblant sortir de notre bouche, quand, par une fausse délicatesse adulatrice, nous la renfermons soigneusement dans notre sein, comme un avare fait de son or!

Que nous sert de vivre sous l'empire d'une charte constitutionnelle et dans un état libre, si le principe fondamental de toute constitution, de toute liberté, ne peut être énoncé sans péril?

O honte inéfaçable pour une nation qui se respecte (1)! Un écrivain s'est présenté à la barre de l'opinion, qui a osé, à la face d'un grand peuple, ouvrir la discussion sur le principe de la souveraineté du peuple! Il a porté un défi solennel! Et pas un homme libre ne s'est trouvé qui osât lui répondre! Et la liberté a craint de relever le gant jeté par le despotisme!

> Peuple lâche en effet et né pour l'esclavage!
> Hardi contre Dieu seul!
>
> RACINE, Athalie.

Et tandis que la religion est journellement, dans une foule de livres impies, en butte à des attaques insensées, tandis que les choses saintes objet jusqu'à nos jours de la vénération des hommes, sont le sujet de plaisanteries scandaleuses, et que de nouveaux Salmonées s'attaquant au ciel même, osent lever contre l'Eternel leur main hardie, avec une sécurité funeste et une coupable impunité, la vérité reste sans défenseur, toutes les plumes se refusent à venger ses droits lâchement foulés aux pieds! Il semble en effet que la plupart des gouvernemens aient pris à tâche de ne réprimer que la liberté de pensée et de paroles

-----

(1) M. de Sesmaisons.

2.

qui menace les droits de leur despotisme, en ré-
servant toute leur indulgence pour les profana-
teurs de la morale et de la religion. Ainsi pourvu
que l'on consente à respecter ce sanctuaire dans
lequel repose leur mystérieuse majesté, ils sont
prêts, si l'on veut, à ouvrir les cieux épouvantés à
cette armée de nouveaux titans qui le menacent.
Il est temps de voir cesser un si humiliant scandale! Il est temps que nos écrivains reprennent
cette fière indépendance, inhérente aux mœurs
d'un peuple libre!

Oui, nous le déclarons à la face du monde,
parce que la vérité n'est pas à nous, mais à Dieu
qui l'a donnée pour être communiquée aux hommes, oui, le peuple est souverain! Et qui le
serait, s'il ne l'était pas? Est-il quelque mortel,
quelque famille, quelque caste assez audacieuse
pour oser s'attribuer une souveraineté qu'on
refuserait au peuple? Si la souveraineté n'appartient pas au peuple, à qui la donnerons-nous?
Qui voudra charger son front de cette redoutable
couronne? Sera-ce la noblesse, sera-ce le roi?... La
noblesse.... est aussi le peuple, et c'est vainement
que son orgueil tenterait de s'en séparer : la main
victorieuse de l'opinion la refoulera vers son
origine et la fera rentrer dans les rangs popu-
laires dont elle n'aurait jamais dû sortir. Notre
révolution en a été une preuve terrible. Le
roi!.... Qu'est-ce autre chose que le premier sujet,
le premier délégué du peuple souverain? Et qu'on
ne dise pas que c'est ravaller la dignité royale.
Quel plus beau titre que celui de premier délégué
d'un grand peuple! Quelles plus hautes, quelles plus
vénérables attributions, que celles de ce grand
fonctionnaire à qui la patrie a donné la sublime
mission de la rendre heureuse? Certes, où je me
trompe fort, où de pareils titres valent bien celui
de roi par la grâce de dieu. Et qu'ont fait autre

chose les peuples en se donnant des rois , que de se donner des administrateurs. Et ce mot *roi* lui-même qu'elle fut sa signification primitive ? *Rex* , ne vient-il pas de *regere* , *gouverner* , *administrer* , *régir*, en un mot ? ce mot seul n'indique-t-il pas que les rois doivent être les *gouverneurs* , les *administrateurs* , les *régisseurs* de la fortune et des forces de leurs peuples, au profit de leurs peuples? Nous le répétons : au peuple seul appartient la souveraineté , et ce n'est que par usurpation que cette souveraineté a quelquefois résidé dans les mains de la noblesse , ou d'un seul. Ces vérités sont sévères , je lesais, et elles retentissent rarement aux oreilles des rois ; la flatterie a grand soin de les leur épargner.

Dira-t-on que le principe de la souveraineté du peuple n'est pas applicable à notre situation politique , parce que la charte n'en fait pas mention? Misérable objection! La charte ne dit pas non plus que tout citoyen pourra faire usage de ses bras, et cependant qui osera contester aux citoyens cette faculté? il en est demême de la souveraineté du peuple; elle est indilébile : ce principe n'a besoin d'être inscrit dans aucune charte; il est gravé depuis l'origine du monde dans le cœur de tout homme libre, d'où le fer des tyrans n'a pu réussir encore à l'arracher. Au reste , tout ce que la charte n'a pas abrogé est, de droit, maintenu ; or, si elle n'a pas prononcé le principe de la souveraineté du peuple contenu dans la constitution de 91 , elle ne l'a pas non plus abrogé.

Ils ne *se trompaient* (1) ni ne *se mentaient* à eux-mêmes , les hommes qui, en 89, proclamèrent dans l'assemblée constituante le principe de la souveraineté du peuple ; ils suivaient la voix de leur

____

(1) Expressions de M. Guizot.

conscience, et de la conscience de tous les peuples libres. Par ce grand acte ils affranchissaient à jamais le peuple français des entraves dans lesquelles il gémissait; ils le rétablissaient dans ses droits primitifs trop long-temps usurpés et consommaient le grand œuvre de sa régénération politique.

Mais, en rejetant le principe de la souveraineté du peuple, voyons ce que M Guizot prétend y substituer. Je crois, dit-il, à la souveraineté de la *raison* (1).

Mais par la souveraineté de la *raison*, il est évident que M. Guizot entend la souveraineté des gens *raisonnables*, c'est-à-dire, des gens qui croient seuls avoir *raison*. Or, comme il est bien peu de gens qui ne croient être raisonnables et avoir seuls raison, il s'ensuivra qu'il y aura presque autant de souverain que d'individus dans l'état, ce qui ferait un plaisant gouvernement. C'est donc aux gens raisonnables que M. Guizot veut remettre la souveraineté ! Il n'en a jamais manqué de ces gens raisonnables qui, sous prétexte qu'ils avaient raison et que les peuples avaient tort, se sont mis à opprimer les peuples. Il croyait seul avoir raison contre le peuple romain, ce Tibère qui fit gémir l'univers sous sa farouche tyrannie. Ce Néron qui se promenait dans ses jardins à la lueur des bûchers chrétiens, croyait peut-être aussi être le seul homme raisonnable dans son empire. Charles IX, en tirant du haut du Louvre sur ses sujets éperdus, croyait peut-être faire un acte fort raisonnable ! quelle logique!....

Et M. Guizot ne s'aperçoit pas qu'un pareil système, qui attribue la souveraineté à un être idéal, qu'il appelle la raison, ne l'attribue réellement à personne, ou plutôt l'attribue à tout le monde,

---

(1) Voyez à la fin la note A.

puisque tout le monde peut se croire raisonnable,
sans que personne ait jamais le droit de prétendre
asservir a ses idées les idées des autres, mettre sa
raison particulière à la place de la ra son générale.

Tout cela me semble être le fruit d'une philosophie orgueilleuse, qui, fière de sa science et
de sa raison, prétend y soumettre tout le reste
des hommes. En d'autres termes, c'est la domi-
nation d'une imperceptible minorité de prétendus
sages sur l'immense majorité des soi-disant igno-
rans.

Ce système par lequel ce serait la minorité qui
ferait la loi à la majorité, rentre assez dans les
idées d'un certain nombre d'hommes d'état de nos
jours (1). C'est évidemment le principe des hommes
de l'ancien régime. Ils ne nous parlent que de supériorités nationales, de supériorités locales, de
supériorités de fortune, de naissance, et de supériorité en supériorité, ces hommes voudraient nous
amener tout doucement, au plus complet asservis-
sement et au plus honteux des esclavages.

M. Guizot parle encore d'une souveraineté de
droit, à laquelle il dit ajouter foi. Mais que veut-il
dire par cette souveraineté de droit ? n'est-elle
pas la même que celle du peuple qui est aussi
une souveraineté de droit lors même qu'elle
n'est plus une souveraineté de fait ? une souveraineté de droit est, sans contredit, celle qui est
placée aux mains auxquelles elle est de droit
déléguée. Or la souveraineté appartenant au peuples du droit le plus incontestable, c'est donc une
souveraineté de droit. A moins que M. Guizot ne
veuille dire par là que la souveraineté est l'apanage
exclusif de certaines castes, de certaines familles.

____

(1) Voyez le tome 3, n° iv du *Défenseur*. On y soutient
sérieusement cet absurde système.

CHAPITRE V.

De la Légitimité.

Ceci rentre dans une autre question que M. Guizot a traitée fort longuement et à laquelle il a consacré un chapitre de son ouvrage. Cette question est celle de la légitimité. Je suivrai encore M. Guizot sur ce nouveau terrain. Quelque délicat que soit l'examen auquel je vais me livrer, je ne puis passer sous silence une question de cette importance, sur laquelle M. Guizot me semble avoir complètement erré. Ce qui me porterait à croire, indépendamment du jugement de ma raison, qu'ici M. Guizot est à côté de la vérité, c'est que son chapitre sur la légitimité lui a valu des éloges qu'il n'avait sûrement pas ambitionnés. Les hommes de l'ancien régime se sont réjouis de le voir penser comme eux sur un de leurs points favoris. Car on sait que le mot de légitimité, est pour eux un mot sacramental. C'est par là qu'ils commencent et qu'ils terminent toutes les injures dont ils gratifient leurs adversaires qui s'honorent de leurs attaques comme on s'honore de la haine des méchans et du mépris des sots. La légitimité est un arsenal toujours ouvert, où il vont chercher de nouvelles armes, lorsque les leurs se sont brisées dans leurs débiles mains ; c'est l'idole qu'ils invoquent sans cesse, aux pieds de laquelle ils font sans cesse fumer l'encens de leur ignorante et coupable adulation. C'est en répétant sans cesse ce mot magique que les Narcisses et les Séjans politiques séduisent les rois , et les font tomber dans les piéges de l'orgueil.

Qu'est-ce que la légitimité selon les hommes de l'ancien régime? c'est le droit divin élevé sur son trône terrible. C'est Jupiter assis pour toujours sur le trône du destin. Cela est facile à comprendre. Qu'est-ce que la légitimité selon M. Guizot ? Ici la réponse devient moins intelligible. M. Guizot a trop de bon sens pour admettre l'absurde doctrine du droit divin. Aussi a-t-il grand soin d'en laisser tout le ridicule aux hommes de l'ancien régime. La légitimité, selon lui, est *le droit sur le trône afin qu'il soit partout*. Cette définition est spécieuse , comme le sont toutes celles des doctrinaires. Est-elle vraie ? je ne le pense pas. J'avouerai toutefois que c'est une fiction ingénieuse que de représenter la légitimité comme conservatrice des droits de chacun , et comme garant de l'ordre dans l'univers. Le repos du monde attaché à sa durée, séduit au premier abord , et rit à l'imagination de l'homme de bien. Mais ce n'est qu'une abstraction , qu'une utopie qui s'évanouit aux rayons du bon sens et de la raison.

Il est facile de démontrer que la légitimité considérée comme un droit, garantissant tous les autres droits, ne serait autre chose qu'une absurde tyrannie , élevée sur le besoin qu'ont tous les hommes , de l'ordre et du repos. M. Guizot avoue que les légitimités avant d'être légitimes, ont commencé par n'être que des usurpations. Comment se fait-il qu'une possession de quelques siècles de plus ou de moins ait tout à coup changé les idées , et rendu juste ce qui était auparavant inique ? Alléguera-t-on les lois de la prescription ? Ce serait user de moyens par trop ridicules. Le temps ne saurait rendre légitime ce qui est illégitime de soi. Le temps ne peut légaliser l'usurpation. Ici comme partout la saine politique et

la saine morale sont unanimes ; toute autre politique serait une politique immorale et criminelle.

C'est la volonté des peuples qui légitime la possession des trônes. Sans le concours de cette volonté, tout trône est illégitime, son origine se per-
dît-elle dans la nuit des temps. Avec ce concours,
tout trône est légitime ne fît-il que de naître.

La légitimité, dites-vous, *est le droit sur le trône
afin qu'il soit partout.* Mais oubliez-vous que le
trône n'est point une propriété comme une autre,
une propriété particulière, mais une propriété
publique? Par quel étrange renversement de toutes
les idées, prétendez-vous l'assimiler à une propriété ordinaire ? Le trône n'appartient à aucune
famille en particulier, n'est l'apanage d'aucune
race ; il est la propriété de la nation qui le délègue
soit à un homme, soit à une famille. Mais, ni cet
homme, ni cette famille ne sont propriétaires de
ce trône ; ils n'en sont que les dépositaires. Il est
d'une bonne, d'une sage politique de laisser long-
temps dans les mêmes mains, dans la même famille
ce dépôt sacré. Par là, on évite les convulsions qui
pourraient naître de la rivalité des ambitions. Par
là encore, se resserrent les nœuds d'affection qui
unisent les peuples aux rois ; et c'est ainsi que l'hérédité ou la légitimité, comme on voudra l'appeler,
est une puissante garantie de l'ordre et du repos public. Mais, de là à un droit irrévocable, il y a loin.
François I disait plaisamment *qu'il voudrait bien
voir l'article du testament d'Adam qui léguait
l'Amérique au roi d'Espagne.* En voyant tant de
monarques se qualifier de *rois par la grace de Dieu*,
déclarer qu'ils *ne tiennent leur couronne que de
Dieu*, ne pourrait-on pas leur demander à lire la
clause du bail divin par lequel l'Eternel leur a af-
fermé es nations ?

Il suffit qu'un particulier ait hérité de ses pères,
pour que cet héritage lui soit légalement acquis,

et la société n'a pas le droit de s'immiscer dans sa succession et de lui demander des comptes. Car cela ne l'intéresse, ni ne le touche en rien. Il jouit de sa propriété, la transmet à ses enfans, et tout est dit. Il en est autrement de cette grande propriété publique qu'on appelle la royauté. Il ne suffirait pas de l'avoir héritée de ses ancêtres pour la conserver. Il faudrait encore s'en rendre digne. C'est une propriété nationale. La nation n'a pu perdre le droit d'intervenir et d'examiner la manière dont on a administré sa propriété. Cette administration l'intéresse et la touche à un trop haut degré, pour qu'elle reste spectatrice indifférente. Le gouvernement représentatif a été établi pour faciliter et régulariser cet examen. De là, le devoir absolu, la nécessité rigoureuse pour les rois constitutionnels de gouverner selon le vœu de leurs peuples. Il est rare que les changemens de dynastie n'entraînent pas de grands maux ; mais, lorsque de plus grands maux encore sont le résultat d'une administration criminelle et vicieuse, ces changemens deviennent un devoir ; car, avant tout, il faut que la société vive, et l'hérédité étant un principe protecteur et conservateur, du moment qu'il cesse de remplir sa bienfaisante destination, encore faut-il bien que le peuple y supplée, et vienne lui-même à son secours (1). C'est par là que je terminerai les reproches que j'ai à faire à M. Guizot sur la nature de ses doctrines ; il est sans contredit, beaucoup d'autres points que j'aurais pu relever dans son ouvrage, mais comme ils se rattachent tous ou presque tous aux points que je viens de traiter, je les passe sous silence. J'en ai assez dit pour faire sentir à tout lecteur judicieux à tout citoyen imbu des saines idées de liberté, et instruit des vrais principes sur lesquels doit être

---

(1) Voyez à la fin la note B.

basé tout gouvernement représentatif , quelle circonspection et quelle salutaire défiance il doit apporter dans la lecture d'un écrivain dont le nom est déjà une autorité, et qui, jeune encore, a su conquérir une place honorable dans l'opinion.

CHAPITRE VI.

Erreurs de M. Guizot sur les personnes. — Des Libéraux et de M. Lafayette.

Je passe à la seconde partie de cette réfutation, et je vais parler des erreurs qui ont échappé à M. Guizot sur les personnes. Ici nous aurons souvent à revenir aux principes, et nous ne nous lasserons pas d'y revenir, parce que ce sont les principes qui font vivre les nations, et les erreurs qui les frappent d'une mort anticipée.

Nous aurons aussi quelquefois à déplorer que M. Guizot se soit trop souvent abandonné à des jugemens que je me bornerai à taxer de légéreté, mais que l'opinion qualifiera peut-être plus sévèrement ; nous aurons plus d'une fois à gémir qu'il se soit laissé trop souvent guider dans ces déplorables jugemens par les opinions d'un parti dont il s'est cependant constitué l'adversaire.

Parmi les hommes qui ont eu le malheur de s'attirer le blâme de M. Guizot, il est, tout au moins étrange que l'on doive compter les libéraux. Comme c'est en leur faveur qu'il a prétendu rompre une lance, (l'esprit de son ouvrage l'indique assez) on a, sans doute, le droit de s'éton-

ner qu'ils soient si souvent le but de ses accusations.
Ce n'a donc pas été pour moi un mediocre sujet
d'étonnement que de voir les journaux de ces Messieurs faire l'éloge, et un éloge complet de cet ouvrage. Quoi, leur dirai-je, vous avez prodigué
vos éloges à l'homme qui vous donne le nom de
factieux; qui vous compare aux fanatiques de l'armée de Cromwel, qui appele M. Bavoux un char-
latan, les écoliers en droit des écoliers indiscipli-
nés, M. Benjamin Constant un révolutionnaire,
qui traite d'hostile l'élection de M. Lafayette et de
M. Manuel.

Je m'arrête à cette dernière assertion. Se peut-
il que M. Guizot ne rende pas hommage à l'un des
plus beaux caractères de notre époque, qui, il faut
l'avouer, n'est pas féconde en hommes de cette
trempe; à l'honorable ami de Washington; au
guerrier citoyen, libérateur de l'Amérique, qui,
à la tête des armées, ou dans les fers d'Olmütz,
à la tribune de nos assemblées nationales, ou dans
le sein de sa retraite héroïque, toujours le même,
toujours stable, donna le rare exemple d'une vertu
qui ne s'est jamais démentie, et d'une sainte haine
pour tous les despotismes qui ne se laissa pas
même éblouir par les chaînes dorées du moderne
César.

Se peut-il que M. Guizot ait considéré comme
hostile pour le gouvernement constitutionnel l'é-
lection d'un homme qui, l'un des premiers, arbora
parmi nous l'étendard des constitutions, qui, le
premier, présenta à la nation française les couleurs
constitutionnelles en prononçant ces paroles pro-
phétiques: « Elles feront le tour du monde! » Généreux Lafayette ! elle s'est vérifiée, la prédiction du
guerrier patriote; la liberté, dont ces nobles couleurs étaient l'emblème, a fait un pas, et le monde a
été franchi; vierge bienfaisante et céleste, elle a
souri aux peuples de l'antique Germanie; elle a

visité cette valeureuse Espagne, l'exemple comme
l'admiration du monde, et les murs de Sarra-
gosse ont tressailli à son auguste aspect, et les
guerriers chrétiens, morts pour l'indépendance,
se sont un moment réveillés de leurs tombeaux;
elle s'est montrée au Portugal, et l'Anglais a fui
les rivages des fils d'Albuquerque, des vainqueurs
de l'Inde; elle a apparu à l'antique Parthénope et
la vieille Italie est sortie de son long sommeil
et les ombres de Fabius et de Cincinnatus ont à
sa voix quitté leur mausolée; et la terre de l'esclavage est redevenue la terre de la liberté!....

Réjouis-toi, Lafayette! la salutaire impulsion
que tu as contribué à donner aux deux mondes n'a pas été perdue! Toutes les nations te
devront leur liberté, et c'est à toi qu'elles en rap-
porteront l'hommage! Ah! l'hommage du monde
peut aisément te consoler des outrages qui osent
encore s'adresser à toi, et noircir ton caractère
vénérable. Les insensés!.... Ils ne voient pas que
leurs calomnies et leurs fureurs ajoutent à ta gloire
un lustre de plus! Ah! puissent-ils, pour prix
de leur haine, recueillir les communs bienfaits
que va te devoir l'univers! Que la liberté leur soit
un soleil bienfaisant qui, dans sa carrière victorieuse (1), *verse des torrens de lumière sur ses obscurs blasphémateurs!....*

---

(1) Le Franc de Pompignan.

CHAPITRE VII.

Des prétendus Jacobins.

———

Mais il est un homme surtout qui, depuis six ans, constamment en butte à tous les outrages de l'ancien régime, ne pouvait être épargné par M. Guizot, qui, comme nous l'avons observé plus haut, ne laisse pas que d'avoir, malgré son apparent éloignement pour les hommes du privilége, quelque affinité avec ces ennemis de la liberté nationale. Les épithètes dont il se plaît surtout à qualifier M. Grégoire sont celles de jacobin et de régicide.

Examinons ce que ces mots veulent et doivent signifier. Comme c'est une injure lancée à chaque instant du jour contre les hommes souvent les plus respectables, comme c'est une arme entre les mains du lâche pour terrasser le brave, il n'est pas inutile d'apprécier, une fois pour toutes, ces sortes d'outrages à leur juste valeur. Lorsque l'on vient à peser la pierre sous laquelle voulaient nous attérer nos ennemis, c'est pitié de voir combien elle est légère ; et quand on se rappelle que leur sottise prétendait en faire contre nous un instrument de mort, un sourire dédaigneux est toute la vengeance qu'on leur daigne accorder.

Une révolution comme la nôtre ne pouvait s'effectuer sans de violens combats : il y avait trop d'opiniatreté dans les hommes privilégiés à garder leurs priviléges, trop d'ardeur, dans les opprimés à sortir d'oppression, pour que ces combats n'eussent pas lieu; ils eurent lieu, et la France fut bientôt un vaste champ de bataille couvert des cadavres des vaincus.

Ce mal était sans doute affreux; il faisait gémir l'humanité; mais peut-être entrait-il dans les décrets de la divine providence de ne nous vendre qu'à ce prix notre affranchissement politique, et il fallait bien l'acheter à quelque prix que ce fut, car l'esclavage en était venu au point de n'être plus une situation supportable. Ces maux furent d'ailleurs en grande partie les tristes résultats de l'imprudence délirante et de l'orgueilleuse folie des hommes du privilége : déclamations outrageantes, libelles injurieux, conspirations permanantes, résistances ouvertes, trahisons, introductions d'armées étrangères, appel aux ennemis de la France, il n'épargnèrent rien, n'omirent rien pour exaspérer la haine nationale, pour porter cette haine au plus haut degré où elle pouvait monter. Quand elle eut atteint les bords du vase, c'est alors qu'elle déborda de toutes parts, et que ses flots dévastateurs firent quelque temps de la patrie un vaste champ de carnage, où l'anarchie empruntant le nom auguste de la liberté, souillait son triomphe par le sang des vaincus.

La vengeance nationale fut terrible; mais qui l'avait provoquée, cette vengeance? L'anarchie leva parmi nous sa tête ensanglantée; mais qui avait réveillé cette anarchie? Le glaive se promena long-temps sur la patrie en deuil; mais qui l'avait tiré du fourreau? L'assemblée constituante était réunie; les regards du monde étaient attachés sur elle; on attendait de sa sagesse la réforme des abus, l'abolition des priviléges, la proclamation des droits de l'homme et du citoyen, la régénération du peuple français : cette attente glorieuse ne fut point trompée; les espérances des gens de bien furent surpassées.

L'édifice social fut reconstruit sur de plus fermes bases, sur la base de la justice et de la vertu ; un généreux essor fut imprimé à la nation ; des lois réparatrices vinrent venger la cause de l'humanité et de l'équité long-temps foulées aux pieds.... Envain une opposition ignorante et avide de priviléges odieux combattait pour en sauver le plus possible du naufrage général.... Ses efforts étaient rendus impuissans par la sagesse de l'auguste assemblée qui poursuivait glorieusement le cours de ses sublimes travaux, aux acclamations du monde et aux bénédictions de la France.

Tout-à-coup, un cri d'alarme retentit ; les hommes à priviléges désertent la patrie, se réfugient dans les camps ennemis et appellent sur la France tous les désastres de l'invasion ! La question dèslors a changé.... Ce n'est plus une querelle de famille qui aurait pu être vidée avec modération, c'est une guerre à mort entre le privilége étayé de l'étranger, et la patrie défendue par sa seule énergie.

Nous le demandons à tout homme de bonne foi.... Sur qui doit retomber l'effrayante responsabilité de tant d'événemens douloureux, si ce n'est sur les hommes qui ont tout-à-coup changé le terrain de la question et remplacé une querelle de famille par une guerre nationale ?

Ceux-là seuls sont coupables, qui ont réduit une nation humaine et généreuse à recourir à la voie du glaive, voie toujours funeste, puisque de quelque côté que se range la victoire, l'humanité doit avoir à gémir. Ceux-là seuls doivent porter la peine de tout le sang qui a été versé, qui ont ameuté les peuples et dirigé un fer parricide contre leur patrie.

Les hommes placés à la tête de ce grand mouvement qui avait entrainé la nation française vers la liberté, voulurent enfin prévenir ces funestes événemens ; leur sagesse fut impuissante. Les uns sous la dénomination de Girondins cherchèrent à sauver le trône du grand naufrage qui se préparait; d'autres désignés sous le nom de Jacobins ne virent que la patrie et, n'attendant point son salut du trône, le laissèrent se sauver lui-même et songèrent avant tout à sauver la liberté, la liberté pour laquelle tant de sacrifices avaient déjà été faits, la liberté qui était menacée de se voir ensevelie sous les ruines de la nation (1).

Dans la confusion inséparable d'un pareil état de choses, d'illustres victime succombèrent : que leur sang retombe sur les insensés qui avaient entrainé la patrie dans cette fatale extrémité! Entre toutes les victimes qui furent immolées à cette époque désastreuse, la plus noble, la plus chère, la plus précieuse de toutes, LA LIBERTÉ eût son tour, et, se voilant le visage, elle prit place dans le char sanglant parmi les immortels débris de la Gironde.

LA LIBERTÉ n'était plus; quelques obscurs tyrans régnaient seuls à sa place, et leur règne épouvantable fut marqué par d'épouvantables forfaits.

Illustre Lafayette, votre tête était proscrite! Lanjuinais, vous cachiez la vôtre au regard scrutateur des tyrans. D'autres, à qui il était encore permis de vivre, restaient au poste périlleux où les avait appellés la confiance et le vœu de leurs concitoyens, et là, ils s'efforçaient de paralyser les efforts de la tyrannie triumvirale, dérobaient d'innombrables victimes à son glaive inéxorable, et consolaient encore l'humanité dans ces jours de deuil, en opposant aux fureurs anarchiques du crime le contraste consolant de leur vertu.

---

(1) Voyez dans les journaux du temps les proclamations du duc de Brunswick et du général Bouillé.

Tel fut ce Grégoire, dont le nom ne rapelle que des souvenirs vertueux et qui, selon M. Guizot, ne rappelle que des souvenirs de sang et de terreur.

Il existe encore des jacobins, dit M. Guizot, et il s'en effraie. Oui sans doute, il en existe! Mais, avant de m'en effrayer, je demanderai à M. Guizot ce qu'il entend par jacobins? Veut-il parler des assassins du 2 septembre, des sicaires de Robespierre? mais ces hommes ne méritent d'autre nom que celui d'assassins; et, dans aucun pays du monde, les assassins n'ont formé un parti. Il n'y a pas là de quoi s'effrayer, et la dénomination de jacobins ne leur appartient pas. Que diraient nos royalistes, si nous donnions leur nom aux massacreurs de Nîmes, de Marseille, de Toulouse et d'Avignon. Ils s'indigneraient justement et répondraient que des assassins ne sont pas des royalistes; et pourquoi des assassins seraient-ils des jacobins? Avouons donc, une fois pour toutes, que cette horrible confusion de mots a été inventée par la haine pour accroître l'animosité des partis.

CHAPITRE VIII.

Des républicains.

Par le mot de jacobins, M. Guizot antendrait-il les républicains de principes? Ici la question prend une toute autre face. La république a été un fait de notre révolution, un fait positif et irrécusable, et cette considération seule devrait bien arrêter la plume de ces hommes, qui, dans leurs libelles, ne cessent de prodiguer à cette république l'injure et l'outrage.

Qu'on ne me dise pas qu'elle a été imposée à la nation; il me serait trop facile de prouver jusqu'à l'évidence, que la nation toute entière y a adhéré, que dis-je? qu'elle l'a appelée de tous ses vœux (1). Et comment ne l'aurait-elle pas appelée? La république s'offrait à elle comme un port prêt à recueillir les débris du grand naufrage de la royauté.

Mais, me dira-t-on encore, la république fut évidemment invoquée bien avant la chute du trône et du vivant de la royauté. J'en conviens, mais qu'on convienne aussi avec moi que, grace aux hommes du privilége, grace aux fautes sans nombre dans lesqulles ils étaient parvenus à entraîner le roi et la cour, le trône n'était plus, à cette époque, une garantie suffisante pour le repos national : il était au contraire un objet perpétuel de défiances excitées par le club autrichien de déplorable mémoire. Enfin tout lien étant rompu entre le trône et le peuple, le trône tomba de lui-même parce que, ne tenant plus au peuple, il ne tenait plus a rien, n'était appuyé sur rien ; à moins que l'on ne regarde l'armée de *Coblentz* comme un appui suffisant qui permettait de se passer de l'appui national.

Le trône tomba, et il en sera ainsi de tous les trônes qui placeront leur intérêts autre part que dans les intérêts du peuple, et qui, se créant autour d'eux une nation étrangère à la grande nation, s'obstineront à vivre au milieu de cette atmosphère corruptrice et empestée qui intercepte toute vérité utile, toute pensée généreuse, et empêche le vœu de la nation de parvenir jusqu'à son roi. Le trône

____

(1) Voyez à la fin la note C.

tomba donc, voilà un fait : la république s'éleva sur ses ruines, du consentement et conformément au vœu formel de la nation, voilà un second fait qu'il n'est pas plus possible de récuser que le premier.

J'ai prouvé que ce second fait devenait une conséquence nécessaire du premier. La royauté venait de se dénationaliser d'une manière trop éclatante, les hommes du privilége l'avaient compromise d'une manière trop visible, pour qu'on pût espérer de la réédifier. Il fallut donc s'accomoder aux temps. Parce que la royauté avait disparu, était-ce une raison pour déserter la patrie avec elle, et pour laisser périr les fruits de la grande réformation politique qui s'était effectuée depuis 89 ?

Je sais que plusieurs hommes, dont je respecte le caractère, crurent que ce dernier parti était le seul qu'ils devaient prendre, et pensèrent voir dans les sermens qu'ils avaient prêtés à la royauté constitutionnelle, l'obligation de ne pas lui survivre. Il faut avouer, que le nombre de ces hommes de bonne foi fut petit. Nous les retrouvons aujourd'hui parmi nous, revenus avec la royauté constitutionnelle, et si quelques-uns président encore à nos destinées, c'est avec un regret sincère que la nation a vu éloigner les autres. Cette remarque prouvera à M. Guizot que je sais rendre justice à qui de droit.

Quoiqu'il en soit, il était sans doute plus beau de ne pas désespérer de la patrie. Après la bataille de Cannes, Rome ne donna point de larmes au consul Paul Emile qui avait cherché une mort inutile ; mais elle décerna de publiques actions de graces à son collègue qui n'avait pas désespéré du salut de Rome. Les *Varon* de la république française trouveront-ils grace aux yeux de nos modernes Paul Emile ?

Quoiqu'il en soit, il est un autre tribunal qui doit les juger. C'est la postérité ; tribunal impartial et sans appel. Ce jugement a déjà commencé pour eux. Vivans, ils peuvent déjà entendre leur arrêt.

Cet arrêt leur a été favorable ; il devait l'être. Concevrait-on un équipage qui, sauvé du naufrage par la courageuse habilité de ses matelots, leur reprocherait de ne l'avoir pas laissé périr ? Pilotes courageux sur le vaisseau de l'état, ces mortels intrépides, ces pères de la patrie ont bravé la tempête, se sont élancés au milieu d'elle pour la maîtriser, et nous leur reprocherions leur mâle énergie, cette énergie à laquelle nous devons notre conservation !

Ils eussent mieux fait, sans doute, de s'élancer dans les flots, et, ne songeant qu'à leur sûreté, de gagner la rive à la nage, en abandonnant la France aux orages de l'anarchie et à la tourmente révolutionnaire !.....

La ligne qu'ils ont suivie, le devoir leur ordonnait de la suivre. Sentinelles vigilantes et fidèles, ils n'ont pas déserté le poste que la nation leur avait confié. Plusieurs même, nouveaux Léonidas, sont morts dans d'autres Thermopyles ! ..... (1) Graces vous soient rendues, ombres généreuses ! Vous avez acquitté votre dette envers la patrie. La patrie vous remercie de ce grand dévouement, et le temps n'est sans doute pas éloigné où sa main couvrira de fleurs la tombe des martyrs patriotes !

Si ce fut une loi d'être républicain sous la république, qui oserait en faire un prétexte d'injure ? Ceux-là seuls sont dignes de blâme et doivent être voués à l'exécration, qui ont ensan-

---

(1) Entre autres, les Girondins d'héroïque et immortelle mémoire.

glanté son berceau et qui ont essayé de lui donner des cadavres pour marche pied. Mais, ces hommes qui, purs de tout excès, (et tel fut, tel sera toujours le vertueux évêque de Blois) conçurent l'espoir de réaliser les projets de liberté et de bonheur que 89 avait vus éclore, loin de mériter le blâme, ils sont dignes de toute notre reconnaissance; ils se sont placés au rang des bienfaiteurs de l'humanité.

Si ce sont là les hommes que vous désignez par jacobins, qui ne s'honorerait de l'avoir été? Qui ne voudrait, au prix de plus d'outrages encore et d'un plus grand nombre de persécutions, avoir un pareil titre à présenter pendant sa vie à la vénération de ses concitoyens, et, au jour de sa mort, à la miséricorde de l'Eternel? Ainsi tombe cette vague accusation de jacobinisme qui, reproduite dans tous les pamphlets, dans tous les journaux de l'ancien régime, ne doit plus exciter que le mépris des hommes vertueux.

CHAPITE IX.

Des Régicides.

Il en est une autre non moins redoutable, non moins employée a tous les usages de la haine qu'elle sert merveilleusement depuis quelques années; c'est celle *de régicide.* En opposition encore sur ce point avec M. Guizot, j'en parlerai avec l'indépendance dont j'ai déjà fait preuve dans l'examen des questions précédentes.

Les voûtes du palais législatif retentissent encore de ce fatal JAMAIS, cette parole sinistre par laquelle M. le garde des sceaux (1) foudroya du haut de la tribune les dernières espérances de ces nobles vieillards qui, victimes de leur conscience et de leur amour de la patrie, errent de contrée en contrée, de rivage en rivage, sans asile, sans secours, même de la pitié, poursuivis par le courroux des rois, exemples vivans et déplorables d'un malheur sans exemple comme d'une vertu sans égale.

Qui peut prévoir l'époque où cessera tant d'infortune, où le pouvoir révoquera son cruel arrêt, et où le jour de la justice commencera à luire pour ces glorieux martyrs de la liberté? Qui le sait? Je l'ignore; mais, qu'importe!....

Le malheur a touché leurs cheveux blancs; il les a visités au moment où ils se préparaient à partir! Encore quelques jours de souffrance et de combats, et, selon l'expression du grand Arnault qui, persécuté comme eux, sût porter comme eux le fardeau de l'infortune, *ils se reposeront dans l'éternité*. C'est là seulement que la vérité défigurée sur la terre par les passions des hommes, apparaît dans son pur éclat que ne vient plus obscurcir l'injustice de nos haines et la folie de nos jugemens. C'est là que l'acte qui a attiré sur leurs têtes la foudre des rois, paraitra enfin ce qu'il est, l'acte d'une conscience incorruptible déterminée par une profonde conviction.

Pour apprécier les hommes chargés de conduire le vaisseau de l'état dans la tempête publique, il faudrait avoir partagé leurs dangers, leurs angoisses. On ne peut accorder que le sourire de la pitié a ces hommes qui, s'érigeant en juges,

---

(1) M. de Serre.

prononcent magistralement sur ce qu'ils ignorent ou qu'ils n'ont vu qu'à travers le prisme
des passions.

Souvent, dans nos assemblées nationales, éclata
une grande divergence, particulièrement sur le
procès fameux dont, si imprudemment, on provo-
que la révision. Eh bien! au lieu d'interminables
et furibondes philippiques, qu'on aborde enfin la
révision de cette cause dans la quelle l'unanimité
morale des représentans dont plusieurs occuppent
actuellement encore des places éminentes , dé-
clara l'accusé coupable, et ne différa que sur la
nature de la peine; on aura la conviction intime
que, dans toutes les opinions, des hommes, dont la
droiture ne peut être problématique, ont obéi à
leur conscience. Ces fait éclaircis jusqu'à l'évidence
ne peuvent plus être contestés que par la mauvaise
foi.

Et qu'on n'allègue pas l'innocence de l'accusé!
Sans doute, la mort d'un innocent est un malheur
pour toute l'humanité. Car, ici bas , nous sommes
tous solidaires et le sang du juste ne peut être versé, qu'un long ébranlement ne se communique
soudain à la grande famille des hommes. Une telle
mort est une calamité publique, une calamité universelle.

Et Louis était innocent, selon moi!....

Il était innocent, parce que son inviolabilité
devait mettre tous ses actes à couvert, même
ceux que n'aurait contresignés aucun de ses ministres. Tel était le vœu de la constitution de 91 ,
et c'était la seule qu'eût acceptée Louis; c'était
donc la seule règle qui pût lui être appliquée
dans l'espèce. Telle est mon opinion individuelle.

L'unanimité qui condamna Louis m'étonne ,
sans m'indigner. Je respecte la conviction de ses
juges. Je n'examine point la validité ou la non validité des motifs qui ont pu déterminer cette con-

viction. Ils furent majeurs, sans doute. Il en fut de
terribles, qui appartiennent peut-être moins à l'accusé qu'à ses conseils. Quoiqu'il en soit, la mort
fut prononcée, et, tout en gémissant, je me pros-
terne devant cette grande décision et je respecte,
quelqu'il soit, le jugement des pères de la patrie.
Mais je ne saurais leur faire un crime de ce qui
fut un acte de leur conscience et le légitime usage
du droit que la nation leur avait attribué. Là s'arrête mon examen. Je me dis en pleurant : « Rome
est libre, il suffit; » et je laisse dire à d'autres :
« Rendons graces aux dieux. »

L'ame du fils de saint Louis venait de remonter
au ciel. La nation manifesta qu'elle approuvait ce
jugement. Les preuves en sont consignées dans des
témoignages irrécusables. Direz-vous que la nation
était criminelle. Tout un peuple ne peut l'être. Il
peut être égaré, mais criminel, jamais. Le crime
consiste dans l'action de mal faire, sachant que
l'on fait mal. Cette disposition peut exister d'individu à individu. Elle n'exista jamais, ne saurait
jamais exister d'un grand peuple à un individu.

Dieu a voulu que, là où une grande masse est
réunie, l'idée qui la domine soit celle du bien. Le
mal ne peut s'y substituer au bien que par un de
ces rares accidens qu'il faut déplorer, nullement
par l'intention formelle de mal faire.

L'histoire nous a transmis les crimes de divers
particuliers. Elle nous a aussi transmis, non les
crimes, mais les erreurs des nations. C'est par un
déplorable égarement, une fatale ignorance, une
erreur cruelle, que le mal a pu sortir des grandes
majorités.

Ainsi fut exilé Aristide, le plus juste des hommes.
Ainsi périt Phocion qui en fut le plus vertueux. Mais
ce n'est pas en qualité de juste et de vertueux qu'ils
furent frappés. Quel peuple conçut jamais l'exécra-
ble idée d'immoler la justice et la vertu? L'un suc-

comba victime des alarmes que conçûrent de lui ses inquiets concitoyens, amans ombrageux d'une liberté tumultueuse. L'autre, dans la guerre de l'aristocratie contre la démocratie resta sur le champ de bataille parmi la foule des morts.

Heureuses les nations, si ces sages et bienfaisantes idées dominaeint seules parmi elles! Par là, le glaive tomberait toujours des mains de la vengeance. Car sur qui se venger quand il n'y a pas de coupable? Tous le sont en apparence, personne ne l'est en effet. Une volonté perverse ne présida point à leurs actes. L'erreur seule les arma; la raison les désarme.

Telles n'ont point été les maximes qui ont présidé aux actes du gouvernement envers ces hommes désignés sous le nom de régicide. Mis hors la loi par tous les monarques, ils traînent de peuple en peuple leur vie infortunée, et ceux qui ont sauvé la France du plus grand des périls où puisse se trouver une nation, ne savent où réposer leur tête et ne peuvent trouver un tombeau dans la terre qui leur doit son salut.

CHAPITRE X.

De M. Grégoire. — Ses deux lettres.

M. Grégoire semble avoir été enveloppé dans cette tyrannique et coupable proscription. Nous croyons avoir prouvé que le fait du régicide ne saurait excuser cette atroce conduite. Nous avons prouvé que le titre de régicide, ne saurait deverser sur celui à qui il est attribué, le soupçon de criminalité, et ne saurait surtout, dans aucun cas être un titre légal de proscription. M. Grégoire pourrait donc l'être sans avoir à rendre de compte qu'à Dieu et à sa conscience, M. Grégoire pourrait l'être, à ce seul prix ; eh bien! M. Grégoire ne l'est pas !

Il ne l'est pas, et ce fait n'est ignoré de personne, pas même de ses ennemis sur la tête desquels cette connaissance fera éternellement planer le reproche d'infâme perfidie. Il ne l'est pas, et dans une occasion solennelle, les journaux du ministère et les hommes à privilége ont répété jusqu'à saciété qu'il l'était. Il ne l'est pas, et un nommé Dubouchage que la nation avait déjà oublié, vient encore récemment de renouveller dans les journaux, à diverses reprises, cette accusation sans fondement. (1)

Encore, si la vérité avait quelqu'issue ; mais non, elle lui sont toutes fermées ; sa voix ne peut pas se faire entendre. Les journaux s'ouvrent bien à l'attaque, mais ils se ferment à la défense. Une influence supérieure préside à ces grandes iniquités, et, dans le mystère, comme du sein d'un nuage, dirige ces orages funestes, renouvelés surtout à de certaines occasions à de certaines époques. Ici le respect pour la vertu persécutée, nous impose le devoir de laisser parler lui-même l'évêque vénérable, objet de ces lâches persécutions, et qui a de quoi s'en consoler dans l'estime des deux mondes.

Nous lui demandons pardon de publier ses deux lettres sans son aveu : la première ayant été envoyée à tous les journaux auxquels la censure

---

(1) Dans ses réponses à la brochure de M. Chopin d'Arnouville.

en a interdit l'insertion , et toutes deux ayant déjà
circulé dans le public , nous ne faisons qu'augmenter, qu'étendre une publicité qu'elles avaient déjà
par le fait.

Cette publicité n'a rien que d'honorable pour
lui. Ses ennemis seuls peuvent la redouter et ils
ont raison. Par-là se vérifie cette parole : « Seigneur
ordonnez à la vertu de se montrer , que le crime
la voie et frémisse ! »

LETTRE DE M. GRÉGOIRE ,

Ancien Evêque de Blois ,

Adressée à tous les Journalistes.

Paris, 4 octobre 1810.

« MONSIEUR ,

« Un monsieur Dubouchage que je ne con-
« nais pas et que je ne désire pas connaître , a
« fait imprimer dans des journaux une lettre
« où plusieurs fois on lit ces mots : le *régicide* Gré-
« goire.

« Le devoir de souffrir chrétiennement n'ôte
« pas le droit de repousser la calomnie , et certes,
« égorger un homme pour le dévaliser est quel-
« ques fois un crime moins atroce que de ca-
« lomnier.

« Un fait prouvé jusqu'à l'évidence , c'est que
« le prétendu régicide était absent aux quatre
« appels nominaux du procès de Louis XVI.

« C'est que, dans un discours imprimé , il de-
« manda à la convention qu'on supprimât la peine
« *de mort,* et que Louis XVI profitât le premier du
« bienfait de la loi.

« C'est que, dans la lettre écrite de Chambéry,
« déposée aux archives où l'on voulait insérer
« la condamnation *à mort,* il exigea la radiation

« de ces mots qui, en effet, ne s'y trouvent pas (1).
« Ces faits sont indéniables; ils sont actuellement
« connus dans les deux mondes ; aussi d'après le
« défi porté à des forcenés de prouver le contraire,
« ils s'obstinent à répéter l'accusation dans l'es-
« poir que la répétition tiendra lieu de preuve.

« Dans plusieurs écrits j'ai gravé sur leur front la
« qualité inéfaçable *de lâches et infâmes ca-*
« *lomniateurs.*

« Vous entendez, M. Dubouchage, *lâches et*
« *infâmes calomniateurs.* Ce signalement vous est
« commun

« Avec ceux qui conseillent, qui ordonnent, qui
« payent, qui répètent de pareilles impostures,
« et qui provoquent, dans les journaux, des vio-
« lences contre leurs victimes ;

« Avec quelques députés qui, abusant d'une
« inviolabilité circonscrite dans le cercle des in-
« térêts nationaux, ont si souvent et si lâchement
« outragé un homme qui n'était pas là pour
« répondre et se défendre. Il serait étrange que
« le mensonge eût le privilége d'être inviolable,
« et que la vérité ne l'eût pas.

« Avec certaines gens qui, essayant de placer les
« explosions de leur haine sous la protection de l'au-
« tel, affichent de la dévotion et demandent du sang.

« Après avoir long-temps occupé dans l'Eglise
« et l'état des postes éminens auxquels, sans les
« avoir cherchés, l'appellait la confiance de ses
« concitoyens, un homme dont la vie défie la
« médisance vivait paisible, innoffentif, retiré du
« monde, dans sa studieuse solitude, et cet homme
« depuis 1814, mais surtout depuis seize mois, est
« en proie à toutes les fureurs de la persécution.

« La haine n'eut jamais d'accès dans mon
« cœur ; j'y trouve au contraire le desir persé-

---

(1) Voyez à la fin la note D.

« vérant de faire du bien à quiconque me fait
« du mal ; mais la défense est de droit naturel , et
« puisqu'on a rattaché mon existence à la cause
« nationale, je déclare à mes *colomniateurs* que je
« les traînerai au tribunal de l'histoire et de la
« postérité dont je ne crains pas le jugement.

« Que cette tourbe de misérables redouble ses
« vociférations ; qu'ils enflent leur libelles de
« lambeaux d'ouvrages désavoués ou dénaturés ;
« qu'ils savourent le plaisir de supposer des in-
« tentions , d'épiloguer sur des mots , d'enveni-
« mer des phrases ; qu'ils rabâchent leurs inter-
« pellations et leurs objurgations auxquelles tant
« de fois on a répondu ; je méprise leurs actes en
« déplorant leur égarement. Les hommes éclairés
« et probes remarquent les *époques* et connaissent
« les *auteurs*, les prétextes allégués, les motifs
« et le but de ce déchaînement.

« Quand je considère le résultat qu'ils obtien-
« nent de tant d'outrages, je suis porté à m'en félici-
« ter. Les pervers ! Ils ignorent (car ils en éprouve-
« raient du dépit) qu'en accumulant sur moi les
« outrages , ils attisent l'indignation de Français
« dignes de ce nom et d'estimables étrangers qui
« multiplient à mon égard les témoignages d'at-
« tachement. Ils ignorent quelles douces com-
« pensations éprouve un chrétien, un Evêque
« pénétré des sentimens que lui inspirent ces
« deux titres.

« Les amis de la religion, de la vertu, de la
« liberté me rencontreront toujours et toujours
« ils me trouveront sur la même ligne. J'aban-
« donne à d'autres les routes battues de l'am-
« bition, de la bassesse, de la cupidité, de l'in-
« trigue et de la calomnie. »

† GRÉGOIRE, A. É. D. B.

«*P. S.* J'envoie cette lettre à tous les journaux. Si l'on n'en

« permettait pas l'insertion, après avoir inséré celle de l'*in-*
« *fâme calomniateur,* je serais forcé de croire que la censure
« n'est, dans le fait, que le monopole d'un parti, et je re-
« courrais de suite aux moyens qui peuvent assurer la plus
« grande publicité à ma lettre et au refus. »

LETTRE DE M. GRÉGOIRE,

Ancien Evêque de Blois,

*A M. le duc de Richelieu, président du conseil
des ministres* (1).

« Monsieur le Duc,

« Je n'ai jamais sollicité de grâce d'aucun gou-
« vernement, et je serai fidèle à la règle que je
« me suis prescrite à cet égard ; mais j'invoque
« votre justice.
« Un M. Dubouchage a inséré dans les feuilles
« publiques, sous la forme de lettre, un libelle
« contre moi. J'ai envoyé à tous les journaux une
« réponse dont copie authentique est ci-jointe, et
« de cette réponse mutilée par la censure quel-
« ques lignes seulement ont obtenu place dans
« quelques journaux. Est-ce ainsi que se réalise
« la promesse faite à la tribune nationale par le
« ministre actuel de l'intérieur, que la censure
« protégerait les personnes et les réputations ?
« Le secret des lettres paraît être *protégé* avec la
« même délicatesse : car, tout récemment encore,
« par la petite poste de Paris, il m'est arrivé in-
« dignement décachetée et découpée une lettre
« de Lausanne de mon estimable ami M. de La-
« harpe, que sûrement vous connaissez. Je dois

____

(1) Cette lettre fut écrite sur le refus que fit la censure
d'insérer la précédente.

« me féliciter qu'on en sache le contenu, mais
« cette violation n'en est pas moins un attentat
« punissable.

« L'histoire n'offre peut-être pas un système de
« persécution et de diffamation pareil à celui qui
« est dirigé contre moi depuis 1814. Ce n'est pas
« ici le cas d'en dévoiler les auteurs, les motifs et
« le but; tout cela est réservé à l'histoire qui, sur
« une foule d'événemens, recevra de si nom-
« breuses et de si étranges révélations.

« Mon ame inflexible se roidira toujours contre
« la fourberie, la calomnie, l'iniquité; je suis
« comme le granit; on peut me briser, mais on
« ne me plie pas.

« Dans le cours de cette persécution également
« lâche et attroce, est-ce trop, Monsieur le Duc,
« d'obtenir en deux ans un acte de justice? Je ré-
« clame de la vôtre, avec confiance, l'ordre de
« faire insérer dans *le Moniteur*, et autres jour-
« naux, ma réponse textuelle et intégrale.

« D'après ce que l'opinion publique raconte
« d'honorable sur votre caractère, l'espérance
« que je conçois est en même temps un hommage
« d'estime. Si mon attente était déçue, j'en serais
« affligé pour moi..... et pour vous.

« Agréez, etc.,

Monsieur le Duc,

† GRÉGOIRE, A. É. D. B.

A la lecture de ces deux lettres où l'on retrouve
cette morale évangélique, ce pardon des injures,
l'un des plus nobles attributs de la religion chrétienne, cette inébranlable fermeté, digne des
premiers siècles de l'église, après avoir payé un

juste tribut d'admiration à une vertu si pure et à
un caractère si grand, comment ne pas se sentir
pénétré d'une vertueuse indignation contre la manière toute partiale avec laquelle s'exerce la censure, et contre la lâcheté des hommes qui se
sont constitués les ennemis acharnés du vénérable
prélat.

« Il est infâme d'attaquer d'action ou de paro-
« les celui qui ne peut pas vous répondre. » (1)
M. de Bonald proclamant cette incontestable
vérité prononce la condamnation de sept ou huit
députés du côté droit qui, sciemment et si lâchement, ont tant de fois calomnié le quatrième élu
de l'Isère, qui n'était pas là pour se défendre.
Pourraient-ils récuser l'arrêt porté contr'eux par
un de leurs oracles, et si M. de Bonald s'était
permis les mêmes calomnies, on lui appliquerait
un texte qu'il doit révérer : *ex ore tuo te judi-
co.* (2)

Alors les feuilles publiques étaient ouvertes, il
est vrai, à la défense ; mais fussent-elles impar-
tiales et libres, jamais une réponse disséminée
par cette voie n'aura la publicité d'une imposture
qui, du haut de la tribune, retentit dans les deux
mondes. Que sera-ce si les journaux sont asservis
à la censure, et si elle est un monopole au profit
d'un parti ?

Tout journal qui admet une accusation doit
admettre l'apologie ; c'est le cri de la raison. Si
la loi ne l'a pas ordonné, la délicatesse en fait un
devoir. En provoquant l'établissement de la censure, le ministère faisait de si belles promesses
par la bouche de M. Siméon ! cette monnaie

---

(1) Voyez le *Défenseur*, t. iv, avril 1820, pages 159 et
160, article signé, *Bonald.*
(2) Luc, évang. 19.-22.

coute si peu! ainsi nous sommes riches en maximes,
en promesses ; mais l'expérience les a démenties.

Une législation d'après laquelle les procès
seraient jugés sur le plaidoyer d'un seul avocat,
sans entendre la partie adverse, est une absurdité si révoltante, qu'on en repousse même l'hypothèse. Et n'es-ce pas là précisément ce que fait
la censure, lorsque, autorisant la publication des
invectives, elle repousse la plainte? Ce refus n'est-
il pas la preuve évidente qu'on redoute la vérité.

Certes, bien des gens ont de puissans motifs
pour la craindre, pour faire diversion sur leur
conduite, en occupant la méchanceté de person-
nalités odieuses et mensongères. Combien d'hommes qui aujourd'hui crient si haut, ont, sous tous
les régimes, rampé dans toutes les antichambres!
combien de grands royalistes du jour ont signé
l'acte additionnel qui excluait à jamais la dynastie
actuelle !

Si, dans un ouvrage, on rassemblait tant de flat-
teries, en prose et en vers, adressées à l'*homme
de Sainte Hélène* tant de diatribes virulentes contre
la royauté en général, et contre les Bourbons en
particulier; en voyant dans cette liste des person-
nages vantés, caressés, protégés, aujourd'hui
ministres, pairs, députés, archevêques, évê-
ques, historiens, journalistes, magistrats, pré-
fets, etc, etc, ... que de gens reculeraient
d'étonnement, d'effroi et de dégoût! Au milieu
des phantasmagories politiques, ces détails hideux
sont, en quelque sorte, oubliés ou submergés
dans le tourbillon des événemens accumulés depuis 1789 ; mais on en tient registre.

A côte de ces hommes on trouve ceux qui
jadis hurlaient contre le sacerdoce, brisaient
les crucifix, escortaient *les déesses de la raison*,
et qui, aujourd'hui devenus saints à l'improviste,
se sont faits prédicans ultramontains. Jamais vous

ne serez assez dévots pour ceux-ci, ni assez royalistes pour ceux-là; car tous les déserteurs d'un
parti, en s'enrôlant sous de nouvelles bannières,
s'éfforcent, par des exagérations en sens opposé,
d'écarter les doutes qu'on pourrait concevoir sur
la réalité de leur métamorphose.

Et pourquoi ne dirai-je pas que, dans les rangs
des libéraux, se sont glissés des tartuffes politiques
qui ne sont que des mécontens et des ambitieux.
Ils aiment la patrie, la liberté; mais en les subor-
donnant à l'intérêt personnel. Appellez ici le passé
aux conseils du présent et de l'avenir!.......

Sont-ils restés fidèles à la cause nationale les
Protées dont on pourrait dire qu'ayant enfin
brûlé leurs vaisseaux, ils ne pourraient plus
s'embarquer dans un autre parti? Comptez, s'il
est possible, les défections des fourbes qui,
Achilles dans leurs harangues, *Tersites* dans la
mêlée, avaient séduit la confiance par des phrases
étincellantes de désintéressement et de vertu.
Lorsqu'une civilisation mal dirigée a rappetissé
tant de caractères, est-ce sur des discours, des
sermens, ou par la conduite, qu'il faut juger les
hommes?

Si, après trente deux ans de révolution, l'éducation constitutionnelle du peuple français si souvent trompée, était encore incomplète, si, éclairé
par tant d'expériences, il n'était pas prémuni
contre toute espèce de déception, qu'il cesse de se
plaindre; il en aurait perdu le droit. Certes, il
lui est permis de se féliciter celui qui, au milieu
d'épouvantables bouleversemens, ayant pour bous-
sole la religion et la patrie, a suivi sans déviation,
un *plan rectiligne* (1), bien que cette rectitude

---

(1) *De l'affaire de la loi des Elections*, par M. de Pradt
page 294.

même devienne un gref, un titre d'inculpation sous la plume d'un homme à qui personne n'adressera le même reproche. Mais il n'est pas donné à tout le monde d'égaler en sinuosités l'aumonier du *dieu Mars*.

Et dequoi s'avisaient ces électeurs de l'Isère d'aller chercher dans sa retraite un pieux anachorète qui ne désire, ne demande, ne cherche aucune place, et qui a le double tort d'être évêque assermenté et *rectiligne*, tandis qu'on semblait négliger un archevêque qui, au double mérite d'être émigré insermenté unit la souplesse d'un caractère *curviligne*, et qui, las de faire de la politique *extrà muros*, aspire depuis long-temps à se faire ouvrir les portes du sanctuaire législatif, et peut être à siéger sur le banc des ministres, afin, sans doute, de nous gouverner pour notre plus grand bonheur et pour la plus grande gloire de Dieu.

CHAPITRE XI.

De l'Election de l'Isère.

A Dieu ne plaise que nous veuillons affliger M. l'archevêque de Malines et qu'il nous échappe rien de contraire à cet esprit de charité chétienne qui doit diriger l'écrivain dans la recherche de la vérité!

Mais, M. l'archevêque de Malines n'ignore pas que tous hommes ne sont pas également propres à ces hautes fonctions législatives; elles exigent une

si grande maturité de jugement, des mœurs si aus-
tères et si pures, un caractère si grand et si ferme,
des connaissances si élevées, une vertu si rigide,
que ce n'est qu'avec une grande circonspection
que les peuples doivent les confier, sous peine de
se voir tristement trompés dans leur attente, et
d'être bientôt les premières victimes de ces choix
égarés au hasard, sur des têtes équivoques. M. l'archevêque de Malines sait-il à quelle immense responsabilité se condamnent ceux qui acceptent ces
hautes fonctions? M. de Pradt recherche ce fardeau ; M. Grégoire ne l'a jamais évité, mais aussi
ne l'a jamais cherché.

Et ici un contraste frappant se présente de lui-
même dans les deux prélats. Lorsque le vœu des
électeurs de l'Isère alla chercher le vénérable
Évêque de Blois dans sa studieuse retraite, il
parut comme tout étonné lui-même d'une élection qu'il n'avait point briguée, pour laquelle il
n'avait fait aucune espèce de démarche, et à
laquelle il avait été entièrement étranger, jusqu'au jour où elle lui fut annoncée. Et il faut
l'avouer, la vertu répugne à cet usage de quelques gouvernemens constitutionnels, par lequel
les candidats se présentent eux - mêmes, et s'ef-
forcent, en produisant leurs titres, de capter la
bienveillance de leur concitoyens. C'est déjà un
préjugé défavorable au candidat, que cet empressement à rechercher les voix, à s'offrir en
spectacle à la nation. La vertu est inséparable de
la modestie, et la modestie qui n'est que l'humilité chrétienne, a peine à s'accomoder de ces
usages de l'orgueil et de l'ambition.

M. Grégoire n'avait point sollicité son élection.
Nous nous plaisons à le répéter, parce que nous
croyons que cette abnégation toute chrétienne,
cette loyale humilité est un titre aux yeux de tous
les citoyens honnêtes.

Ce serait ici l'occasion de parler de ces clameurs furibondes, de ces orages d'invectives qui s'élevèrent à la première nouvelle de l'élection de l'Évêque de Blois. On eût dit que la France et le trône étaient en péril, que les élémens de l'ordre social allaient se dissoudre, que l'anarchie allait relever de toutes parts sa tête sanglante, et pourquoi? Parce que le nom d'un ecclésiastique paisible, d'un évêque vertueux, venait de sortir de l'urne électorale. Et qu'eût-ce donc été, si c'eût été le nom de Robespierre lui-même !

Aveugle égarement de la haine! Les accusations sanguinaires, les inculpations horribles fut, dont pendant plusieurs mois, l'objet, le vertueux Évêque faisaient un contraste, si frappant avec sa vie pure et sans tache, avec ses mœurs evangéliques et patriarchales, avec ses goûts paisibles et studieux, avec sa réputation universelle de philantropie, que l'excès même des attaques dut nécessairement en atténuer l'effet, et, hors un petit nombre d'hommes faibles et timides, aux yeux desquels il suffit d'être appelé criminel pour le paraître en effet, la partie saine, eclairée et vertueuse de la nation française né vit qu'avec indignation cet horrible déchaînement d'une haine fanatique.

Ici, Dieu a voulu, pour la punition de la haine, que toutes les accusations tournâssent au profit de l'homme à qui elles étaient adressées : ainsi sa bonté paternelle se complaît à faire sortir le bien du mal même, et si, pendant un temps, il se sert des méchans pour éprouver le juste, il ne souffre pas que la réputation du juste soit ternie. Le triomphe du méchant peut bien aller jusqu'à abreuver d'amertume l'ame du juste, et à tourmenter dans ce monde sa vie mortelle; mais là s'arrête le pouvoir de la haine. Elle ne peut rien pour flétrir la vertu. La vertu sort victorieuse de cette lutte pénible, et bien que persécutée, c'est encore la vertu ; et l'homme de bien ne n'échangerait pas la vertu persécutée contre le crime triomphant.

Ici encore, plus qu'en aucune autre occasion, s'est montrée toute l'impuissance du crime. Il a complètement échoué dans ses sinistres et coupables desseins. Que dis-je ? Dieu a fait servir ses attentats au triomphe du juste.

Le vénérable Evêque de Blois, fort d'une conscience pure, heureux d'une vie sans tache et dont quelques actions glorieuses et vertueuses avaient marqué le cours, vivait sans bruit, et se reposait paisible dans la renommée de sa vertu. Des études utiles occupaient les loisirs de celui qui s'était vu, naguère, investi du sublime et redoutable emploi de présider aux destinées de la patrie. Mais ce loisir n'était pas sans fruit pour la religion et les sciences.

D'une main il écartait les ténèbres épaisses qui couvrent encore a nos yeux une foule de connaissances humaines, de l'autre il repoussait les traits du fanatisme religieux et portait des coups mortels à l'ultramontanisme. Il ignorait qu'en se livrant à ces nobles travaux, c'étaient de nouveaux ennemis qu'il suscitait à sa vertu. Tout à coup son élection vient l'enlever à cette heureuse obscurité dont il se plaisait à s'environner dans sa tranquille retraite. C'est la destinée de l'homme de bien placé dans une sphère élévée, que chacun de ses pas, chacun de ses actes, en lui conciliant la reconnaissance et la vénération des peuples, lui attire en même temps une foule d'ennemis obscurs, intrigans, fanatiques, dont sa vertu a contrarié les ambitieux calculs ou le patriotisme intéressé.

C'est une condition à la quelle il faut se soumettre quand on se dévoue à la tâche pénible d'influer utilement sur les destinées et le bonheur des nations. Si l'action de bien faire n'était accompagnée d'aucun inconvénient, d'aucunes peines, Dieu y aurait il attaché la vertu, la vertu, qui ne s'épure qu'au milieu des adversités, la vertu à qui la souffrance et l'infortune ont été données pour compagnes, et qui sans elles peut être ne serait pas la vertu. M. Grégoire, n'avait pu manquer de se créer un grand nombre de ces secrets ennemis dans le cours de sa carrière *rectiligne*. Ce n'est point une épigramme que je veux faire. Cette expression que j'emprunte à M. de Pradt, je ne la repousse pas. Je le remercie, au contraire, d'avoir introduit un nouveau mot dans le *dictionnaire de la vertu*, pour exprimer la droiture imperturbable de l'homme de bien suivant le chemin de sa conscience.

On n'avait point oublié que, dès l'aurore de notre glorieuse révolution, le vertueux prélat avait porté les premiers coups à l'arbre de la feodalité et du despotisme, et que la hache de sa vertu n'avait pas peu contribué à l'abattre. On le savait, et la renommée avait publié son nom entre tous les noms des libérateurs de la patrie et des destructeurs de l'esclavage. Comment, avec de pareils titres, n'aurait-il pas eu pour ennemis tous les fauteurs du despotisme, toute cette tourbe d'adulateurs, de courtisans qui s'engraissent de la substance des nations, encombrent les avenues du trône, soigneux d'en écarter tous les amis de la vérité et de la justice? Comment n'aurait-il pas eu pour ennemis les ennemis de toute liberté, qui fondent leur scandaleuse existence sur l'avilissement de leurs concitoyens? Il avait contribué à désenchanter les peuples de leur faux éclat; grace à lui et à ses patriotiques efforts, la patrie s'était levée toute armée, avait pulvérisé d'un mot toutes ces ambitions liberticides, tous ces orgueils ridicules, toutes ces criminelles espérances, sur lesquels une caste privilégiée avait fondé le salut de son avenir.

Les hommes privilégiés avaient conservé un souvenir amer des services rendus à cettepoque par le religieux prélat, et ils saisirent avec joie l'occasion qui leur fut offerte en 1819 de se venger du patriote de 89. Cependant l'Evêque de Blois, tout en contribuant de tous ses efforts à la destruction du despotisme politique, n'avait pas moins puissamment concouru à l'abolissement du despotisme religieux.

Le premier, il avait élevé la voix en faveur des libertés gallicanes ; le premier, il avait jeté le gant aux partisans de l'ultramontanisme, et le premier, il avait, du haut de la tribune nationale, invoqué le retour de l'église à ces règles vénérables de l'antiquité, à ces institutions libres qui avaient présidé à son berceau, et l'avaient gouvernée pendant les premiers siècles.

Le premier aussi, il avait prêté le fameux serment à la constitution et à la loi, auquel se refusa avec une si grande obstination toute la partie aristocratique du clergé de France ; comme si la soumission aux lois de la patrie était une révolte contre l'Eternel ! comme si la religion catholique était incompatible avec un gouvernement libre! comme si la religion de l'égalité ne pouvait s'accommoder avec les institutions de la liberté! (1)

Etrange erreur du clergé dissident qui se refusait à reconnaître tout ce qu'avaient enseigné les pères de la primitive église! Ils ne voyaient pas ces hommes que, sous prétexte de garantir l'intégrité de la religion catholique, ils allaient l'ensevelir sous les débris de la féodalité, et qu'en s'obstinant à la montrer au peuple comme un instru-

---

(1) Voyez à la fin la note E.

ment d'esclavage et l'alliée nécessaire du déspo-
tisme, ils appelaient sur elle les persécutions sans
nombre dont elle fut bientôt la victime.

Quoiqu'il en soit, on n'avait point oublié en 1819,
l'Evêque constitutionnel de 91, et cette portion
rebelle de l'église gallicane, ce clergé non assermenté se précipita dans la carrière de diffamation
qui venait de s'ouvrir, à la nouvelle de l'élection
de M. Grégoire, et Dieu sait à quels déplorables
excès ces hommes se sont portés envers le vertueux Evêque! Dieu sait le torrent d'outrages qu'ils
se sont hâtés de déverser sur sa tête vénérable! (1)

C'est ainsi que les ministres d'un dieu de paix
donnaient l'exemple de la plus fanatique vengeance! c'est ainsi que ceux qui ont été établis
sur les hommes pour les réconcilier et couvrir
les haines du manteau de la charité, ne crai-
gnaient pas de prostituer leur auguste ministère,
leur caractère sacré, en prodiguant les plus vils
outrages à un prélat digne des respects de l'univers. Alors commença cette guerre d'une nouvelle espèce, où l'armée belligérante se compo-
sait de la foule innombrable des faux dévots, des
tartufes politiques, des partisans de la féodalité, race qui, après trente deux ans d'une révolution qui a frappé de mort ses principes, ne
laisse pas que de pulluler encore parmi nous,
semblable à ces nuées de moucherons qui, profi-
tant du sommeil du lion, viennent bourdonner
autour de lui et ne se retirent qu'à l'aspect d'un
mouvement qui leur annonce que *le lion se
réveille.*

Et que l'on songe que l'objet de tous ces im-
menses préparatifs de haine, de tout ce vaste
attirail de calomnie, de toute cette guerre

---

(1) Voyez à la fin la note F.

acharnée, était un pieux anachorète, étranger depuis long-temps au monde et que cette attaque inatendue venait d'aracher à sa profonde solitude! quel sujet de scandale pour tout le troupeau des fidèles qui, témoins de la coupable conduite de leurs pasteurs, pouvaient être tentés d'imputer à la religion les fautes de ses ministres.

Désespérant d'intimider l'Evêque de Blois par des menaces, on tenta de le circonvenir par des séductions. Nous ne parlerons de ces coupables intrigues employées envers l'ancien Evêque de Blois, à l'effet d'obtenir de sa complaisance une démission que le devoir lui interdisait d'accorder, que pour remarquer ici la faiblesse d'un grand nombre de libéraux et de députés du côté grauche qui ne craignirent point de se joindre à ces sollicitations criminelles. Et qu'on ne m'accuse pas ici d'un excès de rigorisme dans les principes.

Le temps est venu de dire la vérité, toute la vérité. Et pourquoi ne la dirais-je pas? Pourquoi ne frapperais-je pas d'une juste réprobation ces Caméléons politiques qui, toujours prêts à sacrifier les principes aux circonstances, se font à tout, s'accommodent de tous les régimes, pourvu qu'ils puissent y trouver un cadre qui plaise à leur vanité et qui satisfasse leur ambition. Ils affichent les principes les plus vrais, les maximes les plus libérales; quand ce vient à l'application, vous ne trouvez plus les mêmes hommes. Les temps ont changé; les circonstances ont modifié aujourd'hui leur opinion de la veille. Il en est sans doute qui ont pu se tromper de bonne foi, et nous pouvons leur rendre ce témoignage, qu'en sollicitant la démission du vertueux Evêque, c'était l'intérêt même de l'élu qu'ils envisageaient.

Aussi ceux-là ont-ils bientôt cessé leurs démarches lorsque le prélat leur a fait comprendre de quel peu de valeur étaient à ses yeux sa propre tranquillité et son propre bonheur, au prix du salut de la patrie.

Mais combien est-il plus grand le nombre de ces prétendus libéraux qui, guidés par des motifs d'ambition personnelle, redoutant l'apparition d'un homme dont la vertueuse énergie, le patriotisme pur et éclairé eût bientôt fait pâlir leur énergie de circonstance et leur faux patriotisme, donnèrent à leur demande le prétexte de l'intérêt général et ne craignirent pas de faire intervenir la patrie dans la cause de leur orgueil. Que ceux-là sachent une fois pour toutes que la patrie dont ils feignaient d'emprumpter la voix et dont ils osaient alléguer le vœu, couvrait de son égide le prélat constitutionnel et applaudissait, avec le reste du monde, à la noble fermeté qu'il déploya dans cette occasion solennelle.

Qu'ils sachent encore que la nation ne reconnaît pour ses organes que les hommes qui, faisant abnégation de leur ambition et de leur amour propre, commencent par en faire le sacrifice volontaire sur l'autel de la patrie, et qui, immuables dans leurs principes, sont toujours prêts à défendre sa cause sacrée, de quelque part que vienne l'attaque, quelque soient les circonstances, ces nuages légers qui s'élèvent sur l'horizon politique.

En refusant une démission qu'on sollicitait avec tant de bassesse, l'Evêque de Blois se montra supérieur à ses ennemis, de toute la hauteur qui sépare la vertu de l'intrigue, le patriotisme du charlatanisme, la religion du faux zèle, et l'amour de la liberté du libéralisme de commande.

CHAPITRE XII.

Du 6 Décembre. — Conclusion.

MAIS ici, commence ce drame d'iniquité depuis long-temps préparé et dont le détail transmis à la postérité par le burin impartial de l'histoire suffira à lui seul peur caractériser les hommes de notre époque. Suggestions mensongères, intrigues, adulations, promesses, offres brillantes, rien n'a pu ébranler la touchante fermeté du vertueux prélat, rien n'a pu lui arracher une démission que sa conscience réprouve; et tous les efforts de la bassesse orgueilleuse de l'aristocratie, et toutes les machinations criminelles du ministère, voire même des ministères étrangers; sont venus expirer aux pieds du philosophe chrétien. La haine dans le cœur, la honte sur le front, le blasphême à la bouche, les ennemis de la liberté nationale se retirent, mais ils n'ont point perdu l'espoir; une majorité corrompue est là, qui les étayera de sa criminelle influence; le dessein en est arrêté, toutes les mesures sont réglées à l'avance, le jour est pris. Tout est prêt pour cette coupable entreprise.

Elle a lui, enfin, cette fatale journée du 6 décembre, qui sera placée dans nos annales sur la même ligne que la journée non plus fatale, mais plus sanglante du 31 mai. Elle a lui cette journée qui doit éclairer la ruine de l'indépendance de la représentation nationale et qui est destinée dans les conseils des ennemis de la patrie à ouvrir cette longue et douloureuse carrière d'attentats liberticides qui signalera , dans la postérité , la trop mémorable session de 1819.

Les bureaux se sont formés pour examiner les titres des nouveaux députés sortis de l'urne électorale. Investis de la confiance de leurs concitoyens ces mortels respectables se présentent , non pour soumettre leur élection au bon plaisir de la chambre qui doit les recevoir dans son sein , mais pour qu'elle puisse examiner avec tout le scrupule constitutionnel si , dans leur élection , les lois ont été observées. Tribunal de cassation , institué pour prononcer uniquement sur les formes, la chambre va bientôt se constituer en cour d'asisses , et traduire l'un des élus à son tribunal, contre toutes les lois divines et humaines.

Le rapporteur a fait son rapport ; il est a peine écouté ; les motifs qu'il présente pour le rejet de l'élu sont trop manifestement faux , pour qu'on s'y arrête. D'ailleurs l'expulsion pour vice de forme ne satisferait pas la haine du ministère et de l'Aristocratie. Il faut que l'honorable victime succombe par un coup plus douloureux. Un homme s'est chargé d'avance d'en être le bourreau.

Quel est ce fougueux orateur qui se précipite à la tribune nationale ? Quelle rage dans ses regards ! Quelle fureur peinte dans tous ses traits et dans toutes ses paroles ! C'est en vain que je cherche en cette majestueuse gravité qui doit être l'éternel appanage d'un orateur chrétien, ce calme vénérable qui doit distinguer les pères de la patrie agitant les grands intérêts de cette mère commune. Est-ce un forcené cherchant à communiquer sa rage ? Est-ce Oreste agitant les serpens des furies ?

Non, c'est un mortel, jadis l'espérance de la patrie, et le courageux défenseur de la liberté , c'est l'homme, qui, tel qu'un roi indompté , brisa naguère l'orgueil du roc des rois, du moderne Xerxès , et réveilla l'énergie du peuple français.

Dieu, quel changement s'est opéré en lui ! *Quan-tùm mutatus ab illo !*

C'est un fils de la liberté, et, aujourd'hui, il tourne son bras parricide contre sa mère! L'égalité le vit sourire à son règne fortuné ; l'égalité le compte parmi ses plus mortels ennemis! La patrie l'entendit, en face du géant de bataille, proclamer ses imprescriptibles droits, et plaider la cause sacrée du peuple; la patrie l'a vu abjurer son culte pour se vouer au culte des dieux étrangers !

Le voilà à la tribune, à cette tribune qui, dix-huit ans auparavant retentissait des patriotiques accens du vertueux Evêque de Blois qui présidait alors ce corps législatif, dont M. Lainé a fait partie ; il parle et c'est pour diviser l'outrage sur le vertueux Evêque ; et il insulte à ses cheveux blancs, et cette tribune, ces voûtes vénérables, cette enceinte témoin de sa vertu et de sa gloire, rien ne peut éveiller le remords dans l'ame de l'orateur, et sa bouche coupable vomit contre le plus vertueux des hommes cette accusation d'indignité, qui retombe tout entière de tout le poids de la colère céleste, sur l'insensé qui osa la préférer, et flétrir à jamais sa vie par cette tache ineffaçable. L'indignité !... et qui pourra désormais se croire à l'abri de cette outrageuse accusation, si la vertu, si la piété, si le patriotisme, ne sauraient en garantir?

Et sur quoi est appuyée cette étrange accusation? Sur une autre, celle de régicide dont nous avons plus haut démontré toute l'absurdité.

M. Lainé savait, toute la chambre savait aussi que M. Grégoire n'était pas régicide, et M. Lainé n'a pas craint de se mentir à lui-même en s'écriant que M. Grégoire l'était, et la chambre n'a pas craint de prendre sur elle l'effrayante responsabilité de cette grande calomnie, en approuvant l'orateur par son silence ! De telle sorte, qu'on peut mettre en question quels sont les plus coupables, de ceux qui ont proféré l'accusation, en sachant toute sa fausseté, où de ceux qui, l'entendant proférer, ont refusé de rendre hommage à la vérité.

Que dis-je ? on ne s'en tient pas au silence de la lâcheté. On rougirait de n'avoir pas saisi une si favorable occasion d'invectiver, comme à l'envi, l'homme le plus sage et le plus inoffensif. On s'en fait un titre de gloire ; ministres, députés, tous veulent avoir part à l'héroïque victoire remportée sur un vieillard vénérable qui n'est pas là pour se défendre.

Oh ! que si un heureux destin l'amenait tout à coup au sien de cette orageuse assemblée, et que, s'élançant à cette tribune accoutumée aux accens de sa voix évangélique si douce aux foibles et aux nations, si redoutable aux forts et aux oppresseurs, il montrât à ces furieux cette figure vénérable où se peignent la religion et la vertu, ces cheveux blancs, l'objet de la vénération du monde ; « Citoyens, leur dirait-il, « quelle frénésie s'est tout a coup emparée de vous ? « Est-ce moi que demandent vos cris ?..... Eh « bien ! je m'offre à vous... me voilà ! voilà cet « *indigne* que désignent vos clameurs à l'animad- « version du monde ! Le monde est plus juste que « vous. Plus la fureur de mes ennemis redouble, « plus il redouble à mon égard les témoignages « d'affection. Chacun de vos outrages est pour « lui le prétexte d'un nouvel hommage.

« Cet *indigne* n'a que des titres honorables à « produire. Ses mains pastorales n'ont point trem- « pé dans le sang, pas plus dans celui des rois « que dans celui des pauvres. Ces mains, peut- « être, ont-elles eu le bonheur d'essuyer quel- « ques larmes, d'adoucir quelques infortunes ! « ce sont là tous mes forfaits......

« Attendez, citoyens.... j'en ai d'autre encore.

« Lorsque l'impiété renversait vos temples et
« prodiguait l'outrage à la divinité, lorsque des
« prêtres du très-haut, oubliant leur sacré carac-
« tère, prostituaient leur ministère vénérable
« aux plus viles lâchetés, et vinrent s'accuser d'a-
« voir été chrétiens, j'osai rester chrétien et
« Evêque, au milieu des impies, et ma voix eut
« le bonheur de confesser le nom de Jésus-Christ.

« Défenseur des principes de l'église primitive, je
« me suis, il est vrai, attiré la haine des ennemis
« des libertés gallicanes; mais je me suis vengé
« de mes rivaux, en les délivrant des pontons
« de Rochefort, et en les arrachant ainsi à la
« hache révolutionnaire.

« Voulez-vous encore d'autres preuves de mon
« *indignité ?*

« Marchant sur les pas du vertueux et im-
« mortel Las-Cazas, j'ai plaidé la cause des hom-
« mes de toutes les couleurs; les noirs me doi-
« vent leur liberté, et voient en moi un tendre
« père, occupé sans relâche du soin de les éclai-
« rer, et d'importer sur leurs lointains rivages,
« les fruits d'une civilisation religieuse.

« Je ne vous parlerai pas, citoyens, de quel-
« ques faibles travaux que méprise sans doute
« votre orgueil. Ils m'ont cependant valu quel-
« que gloire; et, ce qui vaut mieux que la gloire,
« ils m'ont valu la douce conviction que j'étais
« utile. Cet institut, ce temple des arts, me
« doit peut-être sa naissance ; peut-être ai-je
« aussi contribué à dérober au vandalisme de
« l'anarchie le feu sacré des sciences, des lettres
« et de la religion, prêt à s'éteindre parmi
« vous.

« Je ne vous parlerai pas non plus de mes
« travaux entrepris en faveur de la liberté ; c'est
« à eux que je dois mes persécuteurs ; mais s'ils

« m'ont amassé des ennemis , ils ont fait ma
« gloire. Votre liberté , citoyens, a été le pre-
« mier but de mes efforts dans la carrière légis-
« lative ; vous voir libres sera encore le dernier
« de mes vœux. »

Malheur à une nation ! honte éternelle aux citoyens qui la composent, si de telles paroles les
laissent insensibles et ne rallument pas dans leur
cœur la flamme de la vertu !

Malheur à l'assemblée surtout qui les enten-
drait et qui persévérerait dans ses lâches attaques !

Malheur à elle ! si l'image de la religion , du
patriotisme et de la vertu n'était pas assez puissante à ses yeux pour l'émouvoir. Représentans
de la nation française, répondez !.. à qui peut justement s'appliquer cette redoutable sentence ?

Vous les avez entendues ces paroles, non du
haut de la tribune , d'où la vérité semblait exilée ,
mais dans le sanctuaire sacré de votre conscience !
vous les avez entendues ; car toutes ces choses
vous étaient connues , comme elles sont connues
des deux mondes , et cependant , vous avez été
sourds au cri de votre conscience , au cri de la
vérité !

Quels sont ces orateurs malheureux qui , pour
déguiser sans doute une partie de l'horreur de
cette fatale séance, viennent apporter à la tribune,
non une protestation franche et courageuse, mais
des excuses hypocrites......... Orateurs du côté
gauche, gardez vos excuses ! Celui que vous prétendez excuser, n'a nul besoin de l'être. Vos
excuses officieuses et perfides sont peut-être
plus coupables encore que les accusations furibondes de ses ennemis.

Au moins , leur furie se déclare à front dé-
couvert.... C'est à sa personne qu'ils en veulent.....
C'est à son nom !..... Ils le haïssent, *parce qu'il*

5.

s'appelle Grégoire. Ce touchant rapport du vertueux Prélat avec son divin modèle, avec le fils de l'Eternel, est plus glorieux pour lui que toutes les louanges de l'univers, que tous les honneurs de la vertu! Mais vous, vos misérables défenses n'excitent que le mépris. Défendez vous vous mêmes, sans aspirer à défendre celui qui n'a pas besoin d'être défendu !.. Lorsque Socrate fut condamné à boire la ciguë, on lui présenta la coupe et on pleura ; mais nul ne conçut l'idée de le justifier. Car pour avoir besoin de justification, il faut être coupable. Laissez donc le Socrate chrétien boire en paix le calice d'amertume, sans mêler à cette amertume le spectacle de votre lâche pitié !

C'en est fait. L'œuvre d'iniquité est consommée. L'exclusion est prononcée. On ne sait si c'est pour cause d'*indignité* ou pour cause d'*illégalité*.... Un voile obscur couvre la fin de cette orageuse délibération que chaque parti interprète à sa manière et au gré de ses passions. Ah! que le vénérable prélat se console : les hommages du monde l'ont bien vengé de cet outrage !.....

Ce n'etait pas lui assurément qui pouvait être *indigne* d'une telle chambre (1). C'était la chambre tout entière qui était indigne d'un tel homme ! oui, je le répète, la chambre ne méritait pas de recevoir dans son sein le mortel le plus juste et le plus vertueux. Quel intrépide adversaire aurait trouvé en lui le ministère! Quel courageux défenseur allait avoir la nation ! Quel noble champion allaient trouver les libertés de notre église gallicane !

Il ne se serait pas laissé intimider par l'insolence d'un ministre, celui qui avait vu la hache levée sur sa tête, et qui n'avait pas craint de rendre hommage au Dieu vivant ! La corruption du quai Ma-

-----

(1) Voyez à la fin la note G.

laquais n'aurait osé aborder celui qui avait traversé avec toute sa gloire et toute sa vertu, la plus orageuse des révolutions! Alors aurait brillé dans tout son pur éclat ce génie philantrope et chrétien dont les orages de l'anarchie avaient, à son aurore, éclipsé les rayons.

Qu'il eût été beau de voir l'implacable ennemi du crime, l'apôtre de la vertu, le soutien courageux de la religion, le plus grand philantrope de nos jours, étayer de tout le poids de ses talens et de ses vertus, le trône constitutionnel et nos institutions naissantes! Quel jour de triomphe et de joie que celui où les regards avides de la nation française auraient vu l'homme qui, l'un des premiers, demanda l'abolition de la royauté, lorsque la royauté n'était que le despotisme, monter aujourd'hui à la tribune nationale pour rendre hommage à la royauté constitutionnelle et proclamer ainsi, à la face du monde, cette nouvelle consolante et fortunée que le but des vertueux auteurs de notre glorieuse révolution était atteint, et que la royauté et la liberté étaient, pour jamais, réconciliées en France!

Car, que l'on ne s'y trompe pas, ce n'est pas telle forme de gouvernement, de préférence à telle autre, que ne voulaient pas les auteurs de notre réformation politique; ils voulaient seulement des institutions telles que, combinées avec un gouvernement quelconque, elles consacrassent la mort de l'esclavage et l'empire de la liberté.

Or, en 92, la royauté recula devant cette vaste carrière. La république se présenta pour entreprendre ce grand œuvre. Elle fut acceptée et devait l'être. La royauté, en 1814, nous apparut de nouveau, et, la charte à la main, s'offrit de remplir les promesses de la république. Elle fut aussi acceptée, et devait l'être. Toutefois se n'est pas sans quelque peine que les glorieux sou-

tiens de nos drois virent ces grands changemens s'opérer parmi nous.

Le nom des Bourbons était suspect à leurs
yeux. Ah ! qu'on pardonne cette patriotique
défiance à des hommes instruits, pendant trente
ans, à l'école de l'adversité, et qui avaient vu
tant de fois s'évanouir les espérances de la liberté. Ils ne pouvaient oublier que 91 avait vu
jurer une constitution à la royauté constitutionnelle ; et ils se disaient que ce n'était pas la
nation qui l'avait violée la première.

En 1819, cette défiance, juste ou injuste, allait
cesser. En voyant l'un de ses plus vertueux apôtres
passer dans le camp de la royauté constitutionnelle, la révolution y passait elle-même tout
entière.

Tout prétexte de haine avait cessé. La victoire
du nouveau régime sur l'ancien était assurée,
et une charte libérale jurée par un Bourbon
allait avoir pour appui l'un des plus chers défenseurs de la liberté. Quel sublime et fortuné
concert de toutes les volontés nationales allait
suivre ce grand acte de justice, cet œuvre d'une
politique éclairée et salutaire !

Comment se sont évanouies tant et de si nobles
espérances ?...... Qui a de nouveau isolé de ses
défenseurs naturels le trône constitutionnel,
pour le livrer à ses plus mortels ennemis, aux
ennemis de toute liberté, de toute constitution ?
qui a forcé la nation française à s'éloigner d'un
trône qui s'éloignait d'elle? qui a reculé, pour
long-temps encore peut-être, l'instant si impa-
tiamment appelé, de la réconciliation générale ?
Qui ?... représentans de la nation, répondez !....
Ah ? le six décembre a fait tous ces maux ! lui seul
a resserré des cœurs qui ne demandaient qu'à
s'ouvrir ; lui seul a aliéné de nouveau un peuple
généreux qui ne demandait pas mieux que de

devoir à son roi ses biens les plus chers, son repos et sa liberté.

Il est rare qu'une première faute n'en amène pas plusieurs autres à sa suite. Il est rare qu'un acte coupable n'attire pas immédiatement les vengeances du ciel!.........

Représentans du peuple français!... vous avez cru, en cédant lâchement la victoire à l'ancien régime, vous avez cru, dis-je, ne faire qu'un acte de complaisance; et qui sait si quelques-uns d'entre vous, le plus grand nombre, peut être, n'a pas livré l'Évêque de Blois aux coups du ministère, comme une victime expiatoire qui appaiserait son couroux? Représentans! quelle était votre erreur!

Jetez les yeux sur la déplorable session de 1819, et méditez! C'était peu d'avoir obtenu de votre déférence l'expulsion de l'un de vos plus dignes collègues; c'était peu d'avoir, par là, porté une atteinte mortelle à votre inviolabilité; voilà que son audace s'est accrue par votre coupable complaisance. Il essaie d'obtenir encore de vous la violation de l'une de nos plus précieuses libertés, la liberté de la presse, et vous n'osez la lui refuser!

Ce n'est pas tout! la liberté individuelle importune sa tyrannie; vous vous hâtez également de la lui livrer! Ce n'est pas tout encore! une loi protectrice nous restait, la loi du cinq février, qui pouvait à elle seule réparer tous les maux que vous nous aviez faits; elle expire à son tour sous vos coups redoublés. Achevez, représentans du peuple. Qui vous retient? achevez de démolir le reste de notre édifice constitutionnel. Sans liberté de la presse, sans liberté individuelle, après avoir vu le privilége envahir nos colléges électoraux, que nous reste-t-il à perdre? Peu de choses, et, si ce peu qui nous reste ne nous est pas enlevé , c'est à la pitié, non à la modération de nos tyrans que nous le devons.

Je m'arrête. Le passé m'indigne, le présent m'afflige ; mais l'avenir m'épouvante.

Une fois lancé dans la carrière, où s'arrêtera le char de la contre-révolution? Je l'ignore. Peut-être est-il destiné à rouler quelques temps encore, jusqu'à ce qu'il rencontre l'abîme où disparaîtront, et les coursiers, et le char et ses imprudens conducteurs. Dieu qui protégez la France! vous qui voyez le gouffre où vont la précipiter ses guides téméraires et coupables, Dieu de bonté ! sauvez la France qui est innocente de tout le mal qu'on lui fait ! Sauvez aussi cette famille de Saint-Louis, éprouvée par de si longs malheurs!..... Elle aussi est innocente!

Abusant de son nom et de son autorité, une faction liberticide l'entraine malgré elle sur ses traces sanglantes. Sauvez-là Seigneur! assez d'infortunes ont éprouvé sa vertu. Assez long-temps votre bras vengeur s'est appesanti sur elle et sur nous. Venez à son secours et au nôtre ! venez, divin Jéhovah ! terrible, enflammé d'une céleste indignation , tel que vous vit jadis le peuple révolté d'Israël, venez ! et qu'au son terrible de votre voix, les espérances de nos ennemis s'évanouissent, que leur force soit abattue , et que la liberté, votre fille céleste, s'élève radieuse et plane avec orgueil sur cette belle France, l'objet de votre divine prédilection !

Terminons ici ces réflexions, qui nous ont été inspirées par la lecture de l'ouvrage de M. Guizot. Que M. Guizot nous pardonne de l'avoir perdu de vue pour défendre un prélat vertueux contre lequel la persécution semble avoir rassemblé toutes ses fureurs. Qui n'a senti allumer son indignation, à l'aspect de tant de lâches attaques ? mais aussi, qui n'a senti son cœur se dilater avec

orgeuil, à la vue de cette résignation évangélique de la religieuse victime?

Evêque vénérable! pardonnez nous d'avoir
embrassé votre défense! Votre modestie toute
chrétienne s'offensera de nos éloges, et, dans
votre touchante humilité, vous vous plaindrez
de l'expression de nos respects; vous craindrez
qu'on ne vous accuse de l'avoir sollicitée.

Rassurez-vous, vertueux prélat! Vos sentimens
peuvent être calomniés, mais ils ne seront jamais
soupçonnés. En vain, les méchans s'élèvent
contre vous; il suffira toujours du pur état de
vos vertus, pour faire pâlir leur scéléra-
tesse; et c'est de vous que le poëte aurait
pu dire:

Que pourrait contre lui leur horde mercenaire?
En vain ils s'uniraient pour lui faire la guerre;
Pour dissiper leur ligue, il n'a qu'à se montrer:
Il parle, et dans la poudre il les fait tous rentrer.

Elle n'est donc que trop souvent réalisée cette
funeste disposition du destin qui attache tant
d'amertumes et tant de douleurs aux pas de
l'homme vertueux! L'histoire n'est pleine que
de ces grandes infortunes devenues le partage
des grands hommes. Cependant, gardons nous
de nous décourager. Il ne faut pas que cela nous
empêche de suivre la ligne du devoir.

Si l'amour de la liberté, si l'amour véritable de
la religion attirent sur l'homme qui en est em-
brâsé les foudres des oppresseurs et les outrages
des fanatiques, ce n'est pas une raison pour que
des Français et des chrétiens abjurent le culte
de l'homme libre pour se prosterner aux pieds de
la tyrannie civile et religieuse.

Pour nous, qui n'avons pas craint d'élever une

voix courageuse et indépendante dans une époque célèbre par tant de lâches défections, nous remercions l'Eternel de nous avoir donné la force d'honorer la vertu et de rendre hommage à la liberté! Quelque soit le sort que nous réserve sa justice, nous accepterons avec joie les afflictions qu'il lui plaira de nous envoyer; nous nous applaudirons d'avoir, avec tous les hommes vertueux de tous les pays, la glorieuse conformité du malheur, et, si nous ne les égalons pas en vertu, puissions-nous, au moins, les égaler en courage! Notre partage sera encore assez beau.

FIN.

NOTES

ET

PIÈCES JUSTIFICATIVES.

NOTE (A)

Le but des institutions chez tous les peuples doit être

1º De garantir la majorité de l'oppression de la minorité,

2º De garantir la minorité de l'oppression de la majorité.

Il y aura oppression de la minorité sur la majorité, lorsque le gouvernement sera remis aux mains de la minorité. Tels sont les gouvernemens aristocratiques et despotiques.

Il y aura oppression de la majorité sur la minorité, lorsque la majorité imposera aux membres de la minorité des lois autres que celles qu'elle impose à ses propre membres. Tel était l'état des Illotes à Sparte.

Nous remarquerons ici que la France de l'ancien régime offrait le monstrueux assemblage de ces deux grandes iniquités politiques. Car, les Gaulois étaient aux Francs ce qu'é-taient précisément les Illotes aux Spartiates, à la différence qu'à Sparte, c'étaient les Spartiates qui formaient la majorité, tandis qu'en France, c'étaient les Gaulois. Et l'on s'étonne qu'il y ait eu une révolution française ! ce qui est étonnant, c'est qu'elle se soit fait si long-temps attendre.

Il s'ensuivra de ce que nous venons de dire qu'il y a deux souverainetés : l'une est celle du grand nombre sur le petit nombre ; et les attributions de celle-là doivent se borner aux formes du gouvernement : l'autre est la souveraineté de la raison qui domine à la fois et la majorité et la minorité ; la majorité pour mettre une borne à son pouvoir qui ne doit pas dépasser les formes extérieures du gouvernement, et la minorité, pour lui apprendre à se soumettre à tout ce qui est légal, et à s'élever contre tout ce qui blesserait cette légalité.

Comme à toute souveraineté il faut une force motrice, la souveraineté du grand nombre sur le petit nombre devra s'appuyer sur une majorité *effective.*

Cependant une majorité *fictive* prétera à son tour sa force à la souveraineté de la raison. C'est ainsi que, dans une société composée d'hommes pervers et où la raison n'aura conséquemment point de majorité effective, elle conservera cependant une majorité fictive, au moyen de laquelle elle fera exécuter ses arrêts.

Une révolte se manifeste dans l'armée de Germanicus. Tous les soldats y ont pris part. Germanicus chercherait donc vainement une majorité effective. Mais il est sûr d'avoir pour lui une majorité fictive qui lui suffira pour assurer la punition des principaux coupables. Et en effet, l'armée a beau, dans chacun de ses membres, avoir secoué le joug de la discipline ; tout ce que cette discipline tenait de force de la majorité effective a beau avoir disparu ; le principe même de la discipline, fruit de la raison, n'a pu périr. Il plane encore sur l'armée, même après sa révolte. Ce principe est toujours censé avoir la majorité pour lui. Car le principe contraire serait un non sens. Voilà ce qui assure l'exécution des ordres de Germanicus et la punition des coupables, et ce qui assurera l'autorité de tout mortel assez habile pour mettre toujours la raison de son côté.

Tant que Bonaparte eut pour lui les deux majorités *effectives* et *fictives*, il fut inébranlable sur son trône. Quand son ambition eut éloigné de lui la seconde, c'est vainement qu'il compta sur la première. C'est donc à la majorité effective qu'est soumise l'organisation de toutes les grandes sociétés.

Il faut que les intérêts généraux soient combinés par le grand nombre, au profit de tous. Mais la morale publique, mais les lois qui assurent l'empire de cette morale, mais les droits individuels, c'est à la majorité fictive que leur garde est confiée. C'est ainsi que le crime est toujours censé être seul contre tous. C'est au nom de tous que s'abaisse le glaive des lois sur la tête des coupables, et, la société contînt-elle plus de coupables que d'hommes vertueux, la majorité effective ne serait plus, il est vrai, en faveur de la vertu, mais la vertu aurait pour elle la majorité fictive, et cette majorité lui suffirait. C'est ce qui m'a fait dire ailleurs que le mal, en tant que mal, ne pouvait sortir des grandes majorités. Heureuse combinaison de l'Etre Suprême qui a laissé encore à la vertu le sceptre de la raison, lorsqu'elle a perdu le sceptre de la force!

Ainsi, les formes du gouvernement seront plus particulièrement du domaine de la majorité effective. Les vérités éternelles seront du domaine de la majorité fictive. Les principes de la première pourront changer; c'est ainsi qu'entre les mains d'un seul, ou entre les mains d'une assemblée ou de deux assemblées, l'autorité peut être bien confiée, pourvu qu'elle relève du peuple et ne soit que l'organe des volontés du peuple. Mais les principes de la majorité fictive seront immuables. Sous tous gouvernemens, ce doit être un crime que la calomnie, ce doit être une vertu que l'amour de la religion et de la liberté.

La souveraineté basée sur la majorité effective est une souveraineté de fait; la souveraineté basée sur la majorité fictive est une souveraineté de droit, de raison.

La raison est une. Les opinions sont diverses. Ainsi les règles de la majorité fictive ne devront être sujettes à aucun changement, tandis que les règles de la majorité effective pourront et devront même fréquemment en admettre.

Pour connaître l'opinion de la majorité effective, il faudra compter les voix : la majorité fictive n'aura pas besoin de cette épreuve; car son opinion est celle de la raison, dont les principes sont invariables. Que ferait dans la balance le nombre des voix? L'opinion seule de Socrate équivaudra à l'opinion du peuple athénien tout entier : s'il succombe, c'est que la majorité effective opprime pour un instant la majorité fictive ; c'est qu'il y a empiétement de l'une sur les attributions de l'autre ; mais cette dernière doit bientôt reprendre ses droits ; car l'injustice n'a qu'un temps , et la justice est éternelle.

C'est ainsi que la définition de M. Guizot peut se concilier avec celle de l'assemblée constituante. Autrement, l'assemblée constituante aurait établi l'injustice en principe , et il faut y regarder à deux fois avant de soupçonner d'absurdité une réunion d'hommes sages représentant un grand peuple.

NOTE (B)

Je n'ai jamais pensé à ce principe de la légitimité si hautement affiché dans nos jours, sans me rappeler ces augures Romains dont on rapporte qu'ils ne pouvaient se regarder sans rire. C'est chose plaisante en effet que de voir la peine que se donnent certaines gens pour déraisonner raisonnablement. La vérité n'exige pas|, à beaucoup près, tant d'art et tant de peine ! elle n'a qu'à se montrer , pour être à l'instant reconnue. Mais le mensonge , c'est bien une autre affaire ! quel art pour le faire passer ! quelle bizarre accumulation de mots étonnés de se trouver ensemble ! Et en définitive, que rapportent du combat les athlètes du mensonge ? La honte d'avoir combattu pour lui. Je le demande aux champions de la légitimité; que deviendraient-ils si leurs adversaires les pressaient un peu vivement ? Si on leur disait par exemple :

Vous distinguez l'usurpation de la légitimité , en donnant à cette dernière la consécration du temps. Mais, assignez-nous donc des limites que nous puissions reconnaître. Nous ne demandons pas mieux que de nous instruire ; mais éclairez-nous. Distes-nous à quelle époque précise une chose cessera d'être une usurpation, à quelle époque elle commencera à devenir légitime ?

Un roi est-il légitime après vingt-six années de règne, tandis qu'une prescription de six années seulement ferait encore planer sur sa couronne le crime d'usurpation? ou bien, n'est-ce qu'au second règne que commencera la ligitimité? Une chose ne peut pas être et n'être pas.

Si Pépin est un usurpateur, qui empêche que Charlemagne ne le soit? Ou tous deux sont légitimes, ou tous deux sont des usurpateurs. Il y a-t-il une règle constante que l'on puisse admettre, un point mathématique que l'on puisse fixer? La loi déclare un citoyen majeur à vingt-un ans. Combien d'années faut-il à une dynastie pour atteindre sa majorité? Lorsque, pendant nombre d'années, un trône a été regardé comme illégitime, y a-t-il une époque, un mois, une semaine, un jour, une heure précise, où cette illigitimité devient tout-à-coup légitime?.... C'est précisément cette époque fatale, ce mois, cette semaine, ce jour, cette heure, ce point mathématique, en un mot, que nous désirerions connaître... . *Risum teneatis, amici.*

NOTE (C)

Voici une pièce dont nous garantissons l'autenticité.

Les Députés du département de l'Ardèche à leurs commétans.

Pag. 2 et 3. « Le trône constitutionnel rebâti en 1791, sur
« les débris d'un trône plus ancien, venait d'être entière-
« ment renversé : mais cette révolution n'était pas encore
« terminée; les représentans de la nation devaient en pronon-
« cer et en consacrer le résultat ; votre vœu nous était connu :
« c'était celui de la France entière, c'était le nôtre : nous ne
« balançâmes pas à l'énoncer et à proclamer avec le reste de
« la convention unanime sur ce point, l'abolition de la
« royauté et l'établissement de la république ; etc.

Pag. 4. « Une grande cause fut bientôt soumise à la déci-
« sion de la convention : ce fut celle du ci-devant roi. Il n'y
« avait eu qu'un sentiment sur l'abolition de la royauté, il

« n'y avait eu qu'une opinion sur l'établissement de la répu-
« blique; mais il devait y en avoir, et il y en eut réellement
« plusieurs sur le jugement de Louis. »

BOISSY – D'ANGLAS , SOUBEYRAN , SAINT – PRIX , GAMON,
SAINT-MARTIN , GARILLE , COREN-FUSTIER.

Nota. Le citoyen GLAIS\L étant absent par commission ,
n'a eu aucune connaissance de cet écrit.

Paris , 14 avril 1793, de l'imprimerie Nationale.

NOTE (D)

Se peut-il que les calomniateurs de l'Evêque de Blois
n'aient pas eu connaissance de la pièce suivante :

19 Janvier 1793.

Bulletin , n° 1298 , enregistré folio 111, recto.

ARCHIVES DU ROYAUME.

SECTION LÉGISLATIVE.

« *Extraits du procès-verbal de la convention nationale*
« *et du bulletin de la même assemblée ; séance du samedi*
« *19 janvier 1793 , l'an 2 de la république française.*

PROCÈS-VERBAL.

« L'assemblée se forme à 11 heures du matin.

. . . .

« Une lettre du 13 janvier, des Députés GRÉGOIRE, . .
« . . . . commissaires de la convention
« nationale au département du Mont-Blanc exprime leur
« vœu pour la condamnation de Louis Capet par la con-
« vention, sans appel au peuple . . . .

. . . .
. . . .

« La séance est levée. · . . . . . suivent les signa-
« gnatures. VERGNIAUD, président; DUFRICHE, VALAZÉ, se-
« crétaires; HENRI BANCAL, A. J. GORSAS, SALLE. Au-des-
« sous est écrit : en vertu du décret du 29 prairial.
  « L'an 2 de la république française une et indivisible :
« suivent les signatures. G. E. MANUEL, ESCHASSERIAUX,
« P. J. DUHEM, FRÉCINE.

BULLETIN DE CORRESPONDANCE.

Lettre des commissaires du département du Mont-Blanc.

. . . .

  « Nous déclarons donc que notre vœu est pour la con-
« damnation de Louis Capet par la convention nationnale,
« sans appel au peuple. » . . . .

. . . .

Collationné et trouvé conforme à l'original du procès-
verbal : registre A. 11, n° 184, et l'imprimé in-folio du
bulletin de correspondance étant aux archives du royaume,
par moi garde desdites archives, membre de l'institut et de
la Légion-d'Honneur.

En foi de quoi j'ai signé et fait apposer le sceau des archives du royaume.

Délivré, à Paris, auxdites archives, le 26 janvier 1816.

DAUNOU.

NOTE (E)

D'où peut naître cette étrange opinion accréditée par les
incrédules auprès des ames faibles, que la religion catholique
n'est pas favorable à la liberté? Qu'on lise les livres saints;
par tout on trouvera l'amour de la liberté : il est empreint sur
chacune des pages de ce livre divin. Qu'est-ce que l'Évan-

gile, sinon le code de la liberté ? Où les tyrans trouvent-ils un plus courageux adversaire, que dans cet Homme Dieu qui a voulu faire de sa loi sainte une loi d'égalité? Chez qui les peuples chercheront-ils un défenseur et un ami, si ce n'est dans celui qui fut le soutien des opprimés, le père des faibles et des pauvres? *Les humbles seront élevés, et les superbes seront abaissés.* Cette céleste parole ne contient-elle pas la condamnation des oppresseurs de l'humanité ?

Et n'est-ce pas la religion catholique qui a fait tomber les fers qui pesaient sur une moitié de l'ancien monde? L'abolition de l'esclavage a était le premier pas qu'elle a fait vers le bonheur des hommes.

Il y a plus. C'est chez elle, c'est dans ses antiques institutions qu'il faut chercher le type, le modèle des gouvernemens représentatifs. Le pape, d'après ces antiques règles, mises en oubli par notre clergé ultramontain, le pape représantait le pouvoir exécutif soumis aux représentans légalement élus de l'église entière. Ce parlement chrétien, c'étaient les conciles, composés des Evêques élus par les chapitres métropolitains et coufirmés par les fidèles. Les curés, les simples pasteurs étaient soumis eux-mêmes à ces élections.

Celui qui doit présider à tous, doit être élu par tous. « Cette « maxime de la sainte antiquité avait été proclamée, dit le « savant Evêque de Blois, par le pape saint Léon, par les « saints Pères et par une foule de conciles, entre autres ceux « d'Orléans en 528, de Paris en 615 (1). »

Tous les plus célèbres d'entre les Pères de l'église, saint Thomas d'Acquin, saint Augustin, saint Grégoire de Naziance, saint François de Sales, tous les ecclésiastiques les plus renommés par leurs vertus et leurs travaux, l'immortel Gerson, dont le nom devrait être inscrit en lettres d'or sur le frontispice du temple de la liberté, Las Cazas, dont la mémoire a long-temps gémi sous le poids de la plus perfide, de

(1) Voyez plus bas la note F.

la plus criminelle des accusations (1), et tant d'autres permi lesquels vient se placer de lui-même le nom de l'illustre Évêque de Blois, ont été les plus intrépides défenseurs de la liberté publique comme des libertés religieuses.

Nous citerons à l'appui de ce que nous venons de dire, le discours d'un Évêque dont personne, certes, ne révoquera en doute la sagesse et la raison. Voici comment il s'exprimait en 1797, le jour de la naissance de notre Seigneur.

« La forme du gouvernement démocratique, adoptée chez nous, mes très-chers frères, s'écriait-il, n'est point en opposition avec les maximes de notre religion sainte; elle ne répugne pas à l'évangile; elle exige, au contraire, ces vertus sublimes qui ne s'acquièrent qu'à l'école de Jésus-Christ.

« La grandeur et la renommée des Romains nos ancêtres furent, à ce que nous enseigne Saint Augustin la récompense qu'un Dieu juste voulut bien accorder à leurs travaux, à leurs vertus; mais, chez ce peuple, l'inspiration de la raison naturelle, quoique dégradée par la soif insatiable de la gloire, les stimula puissamment à la pratique de la morale. Si, en cela, ils surpassent même des nations qui les devançaient dans l'ordre des siècles et dans les progrès de la civilisation ; si, comme le pense Caton, et comme l'enseignent les Pères de l'Eglise, leurs qualités louables rehaussèrent l'éclat de la liberté romaine, et méritèrent à ce peuple des faveurs temporelles, à combien plus forte raison devons-nous reconnaître la nécessité de la vertu dans notre état démocratique, nous qui ne profanons pas nos hommages aux pieds de divinités mensongères, nous à qui la bonté divine s'est manifestée par des prophéties et des prodiges indéniables, nous qui aux nations fidèles montrons encore les lieux sanctifiés par la naissance du Verbe fait

---

(1) On l'accusa d'avoir introduit la traite des Noirs pour épargner les Indiens opprimés par les Espagnols. M. Grégoire a, le premier, détruit et discrédité, pour jamais, cette infâme calomnie. La traite se faisait bien avant l'arrivée de Las Cazas en Amérique.

homme , par ses prédications , par sa mort et par le miracle de sa résurrection ! Les vertus morales , qui consistent dans l'amour de l'ordre , nous rendront bons démocrates ; mais de cette démocratie pure , qui travaille sans relâche à la félicité commune , et qui, abjurant les haines , la perfidie , l'ambition , est aussi attentive à respecter les droits d'autrui , qu'à remplir ses propres devoirs. Par-là , se consolidera l'*égalité* qui dans sa juste acception , montre la loi planant sur tous les membres dn corps social , pour diriger , protéger et punir ; qui , coordonnée aux dispositions des lois divines et humaines , conserve à chacun les facultés nécessaires à l'accomplissement des devoirs , et qui , garant du bonheur individuel, comme du bonheur de tous , trace à chaque individu de l'état démocratique la juste mesure de ce qu'il doit à Dieu , à lui-même et à ses semblables. L'égalité civile , dérivée du droit naturel et embellie par la morale , fait harmoniser le corps politique , quand chacun coopère au bien de tous , suivant l'étendue de ses facultés physiques et morales , quand , à son tour , il recueille de la protection sociale tous les avantages qu'il a droit d'en attendre.

« L'évangile , que J.-C. nous a donné , est le seul Code de lois capable de perfectionner les hommes même dans l'ordre social, et de régulariser l'exercice de cette égalité qui , assurant notre félicité dans le cours de la vie mortelle , nous promet une félicité plus grande dans l'éternité , vers laquelle nous soupirons. L'histoire de la philosophie montre le vide qu'elle laisse à cette égard.

« Si , dans l'état démocratique, l'homme concourt au maintien de l'égalité , lorsque, de toutes ses forces, il travaille au bien de la société qui , à son tour , le place sous l'abri tutélaire de la loi , combien plus éclate l'amour de l'égalité dans celui qui , entièrement dévoué au lois , à la société , à ses frères , sans rien espérer , ni désirer d'eux , aspire à la seule récompense que *Dieu a préparée à ceux qui l'aiment ?*

Égalité peu ou même pas connue de la philosophie , mais

que Jésus-Christ révèle à chacun de nous par ces mots, *qu'il renonce à lui-même*, et saint Paul par ceux-ci : *Se faire tous à tous.* Cette *égalité* n'est pas un rapport borné de la créature à la créature, mais de celle-ci à Dieu, suivant l'ordre prescrit par son incompréhensible sagesse. La créature n'agit qu'en vue de Dieu, qui seul peut être sa récompense. Doctrine admirable ! qui pourra dignement vous proclamer ? Donnez-moi un homme brûlant d'amour pour Dieu, et cette doctrine, il la trouvera dans son cœur.

« Voilà, mes bien aimés, un abrégé des maximes évangéliques ; reconnaissez leur efficacité puissante pour faire chérir la vertu, l'égalité civile, une liberté sage, pour propager la tendresse qui, en confondant les cœurs, assure l'existence et l'honneur de la démocratie. Une vertu commune suffirait, peut-être, pour garantir la prospérité durable des autres formes de gouvernement ; *la nôtre exige davantage.* Efforcez-vous d'atteindre à toute la hauteur de la vertu, et *vous serez de vrais démocrates;* accomplissez fidèlement les préceptes évangéliques, et vous serez la joie de la république.

«Que la religion catholique soit l'objet le plus cher de votre cœur, de votre piété, de toutes vos affections. *Ne croyez pas qu'elle choque la forme du gouvernement démocratique.* En y vivant unis à votre divin Sauveur, vous pourrez concevoir une juste espérance de votre salut éternel ; vous pourrez, en opérant votre bonheur temporel et celui de vos frères, opérer la gloire de la république et des autorités qui la régissent. L'obéissance chrétienne envers elles, l'accomplissement de vos devoirs, le zèle pour le bien général, seront, avec la grâce divine, une nouvelle source de mérites pour arriver à ce royaume céleste auquel vous invite le divin enfant dont aujourd'hui nous célébrons la naissance glorieuse. Oui, mes chers frères, *soyez tous chrétiens, et vous serez d'excellens démocrates.*

«Par là, s'accompliront nos desirs de voir s'enraciner, se fortifier dans les ames les vertus chrétiennes et morales qui

doivent faire la gloire de notre *républlique* et la prospérité des
citoyens dont elle se compose (1). »

Je crois entendre d'ici nos ultramontains crier à l'impiété,
au jacobinisme. Un évêque s'exprimer ainsi ! assurément ce
ne peut être qu'un janséniste ou un évêque asermenté ! —
Ni l'un ni l'autre, messieurs. — C'est donc un calviniste, un
hérétique ?—Encore moins.—C'est donc.... — C'est celui que
vous invoquez à l'appui de vos doctrines anti-religieuses,
anti-sociales, c'est l'Evêque de la reine des cités, l'Evêque de
Rome, lui-même, le vénérable Pontife Pie vii !... Grâces
en soient rendues à l'auteur de toutes choses, le spectacle que
présentent aux regards du monde Naples, l'Espagne et le
Portugal donne un solennel démenti à ces hommes qui répètent sans cesse que la religion catholique est contraire à la
liberté.

Il était réservé à cette religion sainte de se mettre à la tête
du grand mouvement qui entraîne les nations vers le perfectionnement des institutions politiques et sociales. Vénérable vicaire de Jésus-Christ, père de l'église, qui révère vos
vertus, digne successeur de saint Pierre ! c'est à vous d'entreprendre cette glorieuse initiative !... Les regards de la ca-
tholicité sont aujourd'hui tournés vers vous, comme vers un
orient sans nuage, où doit s'élever le soleil de la liberté !... Le
souverain pontife hésiterait-il à justifier l'Évêque d'Imola ?
Alors, mais seulement alors, la religion catholique, reprenant
son empire sur les peuples livrés au démon de l'impiété,
relevera son front auguste, au sein de l'Europe régénérée,
et, rendue à son antique discipline, rappellera dans son sein
ses enfans égarés qui seront tous libres, parce que tous seront

---

(1) Homélie du citoyen cardinal Chiaramonti, évêque d'Imala, actuellement souverain pontife Pie VII, adressée au peuple de son diocèse, dans la république cisalpine, le jour de la naissance de Jésus-
Christ, l'an 1797, traduite de l'italien, par M. Grégoire, ancien évêque
de Blois. *Au texte italien, on lit* : Imola, nella stamperia della nazione,
l'anno vi della liberta.

religieux, et qui seront tous religieux, parce que tous seront libres!

NOTE (F)

Parmi les victimes de cette dissidence religeuse, où
la politique entra beaucoup plus que la religion qui n'en
fut que le prétexte, l'ancien Evêque de Blois est celui
que la faction liberticide semble surtout avoir choisi pour le
but privilégié de ses outrages; mais il n'est pas le seul.
Que de pasteurs respectables, que de vénérables Evêques
sont, depuis vingt ans, l'objet d'une persécution sourde,
mais constante, pour avoir pensé que l'amour de la patrie
était inséparable de l'amour de la religion.

Tel fut ce vertueux Maudru qui vient de finir sa pénible et évangélique carrière, aux portes de la capitale,
et dont toute la vie fut une longue œuvre de vertu. Nous
ne pouvons résister au plaisir de citer ici le discours prononcé sur sa tombe, par l'ancien évêque de Blois. Il
appartenait, sans doute, au glorieux apôtre de la religion
et de la liberté, de jeter quelques fleurs sur la tombe
d'un Evêque qui à tant souffert pour elles.

DISCOURS

Prononcé à Belleville, près Paris,

PAR M. GRÉGOIRE, A. É. D. B.

*A l'inhumation du vénérable Jean-Antoine Maudru, ancien
Evêque de Saint-Dié, le 15 septembre 1820 (1).*

« *Révérendissimes Evêques, respectables prêtres et magistrats, pieux laïques,* le digne prélat dont nous déposons ici
la dépouille mortelle, était né, le 5 mai 1748, à Adomp,
département des Vosges. Elevé au sacerdoce, il remplit
successivement comme vicaire, comme curé, les fonctions
du saint ministère, qui, presque toujours, laissent le plus
de souvenirs consolans, parce qu'elles mettent un pasteur

____

(1) *Extrait de la Chronique religieuse,* t. v.

en rapport immédiat avec les consciences , parce que ,
témoin journalier de leurs progrès dans la vertu , il goûte
les fruits de sa sollicitude. Parmi les hommes long-temps
exercés à la conduite des ames , presque toujours furent
élus ceux qu'on destinait à l'épiscopat dans les contrées
où le premier rang de la hiérarchie ne fut pas livré aux
usurpations de la faveur , de la naissance et des castes
privilégiées.

« *Celui qui doit présider à tous doit étre élu par tous.*
Cette maxime de la sainte antiquité avait été proclamée
par le Pape saint Léon , par les saints pères et par une
foule de conciles , entre autres ceux d'Orléans en 528 ,
de Paris en 615. Lorsqu'une réforme salutaire tenta de
ramener en France la discipline primitive , M. Maudru ,
élu par ses compatriotes , fut institué et sacré de la manière que prescrit le 4e canon du concile de Nicée , de
la même manière que le furent tous les grands pontifes
des premiers siècles.

« Accepter l'épiscopat à cette époque , c'était se dévouer
aux tribulations , car *tous ceux qui veulent vivre avec
piété en Jésus-Christ, seront persécutés* (1) , et déjà tout
présageait qu'une lutte pénible allait commencer. Tout
entier à ses devoirs , le nouveau prélat comptait pour rien
la fatigue des visites diocésaines dans une contrée hérissée
de montagnes ; des paroisses qui jadis ne connaissaient
guères un Evêque que par ouï-dire , virent leur Evêque ;
des paroisses , où le sacrement de Confirmation n'était
guère connu que par l'enseignement du catéchisme , re-
çurent la Confirmation.

« Mais de cruelles épreuves étaient réservées aux pasteurs.
En 1793 , l'impiété renversa nos autels, profana nos sanc-
tuaires ; elle ne fut que trop secondée par les vœux et quelquefois par l'active coopération de prétendus chrétiens qui
aimaient mieux voir les églises dévastées par le sacrilége ,

---

(1) 2e Thimoth. 3. 12.

que d'y voir les saints mystères célébrés par des pasteurs soumis aux lois.

« On voulait disperser les troupeaux en frappant les pasteurs. M. Maudru, traîné à Paris, jeté dans les cachots de la Conciergerie, pendant six mois, attendait, j'ai presque dit qu'il espérait la mort, et ce ne fut pas son innocence bien reconnue qui le sauva, puisque tant de victimes innocentes ont péri ; mais Dieu qui le réservait à de nouvelles épreuves, voulait sans doute lui donner à sa bonté des droits plus étendus.

« Echappé au supplice et rentré dans son diocèse, l'Evêque voit affluer autour de lui des fidèles dont le zèle long-temps comprimé avait acquis plus d'énergie ; alors, comme dans les premiers âges du christianisme, pour se soustraire aux tyrans, on exerçait le culte dans les cryptes, les souterrains. Lorsqu'il fut possible de rentrer dans les temples, une hilarité générale dilatait les cœurs dans toute la France , et spécialement dans cette chaîne montagneuse des Vosges, où la piété et le patriotisme sont profondément enracinés , où l'on retrouve encore des mœurs patriarchales. J'intercale ici un fait très-honorable pour la commune de Liezey qui, lorsque tous les temples étaient fermés, et sous le régime de la première terreur, jeta les fondemens d'une église solide, spacieuse, la bâtit à ses frais, et vint ensuite prier son Evêque d'en faire la dédicace et de lui donner un pasteur.

« Mais les dévastateurs de nos temples rugissaient de voir renaître les exercices religieux. En ce temps, comme à une époque bien plus rapprochée de nous, quelques hommes en crédit ou en place pouvaient encore impunément étouffer la voix nationale. Espionnage, délation, impostures, outrages, procès, cachots, rien ne fut épargné pour tourmenter l'Evêque. A Saint-Dié, un malheureux, le bonnet sur sa tête, et brandissant son bâton, entrait dans la cathédrale, au milieu de la messe , pour insulter les fidèles. A Bruyères , un agent trop fameux s'acharnait à dénoncer , à poursuivre le prélat. A Mirecourt, on vouloit lui intenter une affaire pour avoir » comme l'exigent nos saintes règles, fait apposer un cadenas aux fonts baptismaux. A Épinal, on affecta de le faire passer au milieu du marché pour le traîner en jugement. Mais troubler sa sérénité, amortir sa ferveur, était chose impossible ; il l'étendait aux églises veuves de son voisinage, telles que Nancy et Colmar. Dans le Haut-Rhin, deux fois il échappa au glaive meurtrier.

« Occupé sans relâche à réorganiser le culte divin, à remettre en vigueur la discipline, il convoqua à Saint-Dié un synode pour le 26 juillet 1797. A sa voix, de tous les coins du diocèse accoururent un grand nombre d'estimables pasteurs qui, sans jamais déroger à leurs devoirs, avaient traversé les orages, et qui portaient encore les cicatrices de la persécution. Permettez-moi d'en parler comme témoin oculaire ; car étant allé visiter les lieux de ma naissance, sur la demande du prélat, je portai la parole dans cette respectable réunion à la suite de laquelle M. Maudru vint siéger au concile national tenu la même année. Ce concile adressa une *lettre synodique aux pères et mères et à tous ceux qui sont chargés de l'éducation de la jeunesse* (1). L'empressement de l'Evêque de Saint-Dié, pour la publier dans son diocèse, servit de prétexte à de nouvelles dénonciations ; et, si les persécuteurs ne purent lui faire expier le *crime* d'avoir parlé aux chefs des familles de leurs devoirs envers Dieu et la société, du moins ils goûtèrent le *plaisir indicible* de l'avoir tourmenté. En 1800, il tint à Mirecourt un second synode qui fut terminé par cette acclamation unanime des prêtres et des laïques : « Au généreux confesseur de Jésus-Christ, longues « années pour notre édification, et récompense éter- « nelle (2) ! »

L'année suivante, à la demande du chef de l'Eglise, il

---

(1) Voyez Canons et décrets du concile national, etc., in-12, Paris, 1792, pag. 154 à 191.

(2) Voyez les statuts du synode général rendu à Mirecourt, le 30 avril 1800 ; in-8°, Mirecourt, p. 100.

s'empressa de donner sa démission d'une place acceptée dans des temps difficiles, uniquement pour que les fidèles ne fussent pas privés des consolations de la religion. Descendu du premier rang, mais pénétré du principe que tout est honorable dans la maison de Dieu, il accepta la cure de la ville de Stenay.

« Pouvait-il se douter qu'il entrait dans une nouvelle carrière de douleurs ? L'extrême attachement que ses paroissiens lui portaient ne put le soustraire à des persécutions puissantes ; l'invasion du territoire français par des légions étrangères, offrait sans doute à ses ennemis l'espérance de satisfaire leur animosité.

«Pendant sept mois une redoutable inquisition le poursuivit sans relâche. Réfugié dans des lieux inhabitables, caché sous des combles, en proie aux rigueurs des saisons et à la misère, il put enfin échapper encore à des furibons et abdiqua sa cure ; mais, à l'instant, l'ordre arbitraire d'un ministre lui enjoint de se rendre sur les rives de la Loire, et, pendant un an, relégué à Tours dans un galetas, il est en proie à toutes les privations. Que font alors ses implacables ennemis ? De toutes parts ils écrivent pour recueillir contre lui des renseignemens qui puissent colorer une condamnation judiciaire ; on scrute tous les détails de sa conduite ; on n'y voit rien que d'édifiant ; et enfin, libre de quitter son exil, il vient fixer sa résidence à cinq lieus de Paris. La haine aveugle découvre son asile..... Mais abrégeons ce récit de fureurs gratuites, d'une part, et de patience de l'autre.

« Arrivé au soir d'une vie si agitée, il se félicitait d'avoir enfin trouvé le repos dans la paroisse de Belleville ; journellement se manifestaient et s'accroissaient à son égard l'estime et l'affection des habitans et surtout des dignes ministres des autels, dont l'un a reçu ses adieux au monde, et qui, avec cette foule de citoyens ici présens, donnent un caractère se touchant à cette solennité funèbre.

« Tendrement attaché au chef de l'Église, comme catholique, comme Evêque ; à sa patrie, à nos libertés constitution-

nelles comme citoyen , il *rendit à César ce qui est à César ,
à Dieu ce qui est à Dieu.* La religion de Jésus-Christ n'est-
elle pas celle de la concorde et de l'amour ? Si chacun était
pénétré de cette vérité , la terre offrirait l'image anticipée du
bonhenr céleste. Pourquoi donc, dans la sociétté chrétienne,
ces divisions qui déchiraient l'ame si candide et si aimante du
vénérable Maudru? Faut-il que, même dans le sanctuaire, on
trouve des êtres qui semblent travaillés du besoin de nuire ?
Quel hideux spectacle offrent des hommes revêtus du sacei-
doce, qui s'associèrent à des incrédules pour dénigrer un Evêque, en fabriquant contre lui des impostures , des libelles ?
Une conduite intègre est un sùr abri contre la médisance ,
mais personne ne peut défier la calomnie. Eh ! qui le sait
mieux que celui qui vous parle en ce moment? Sans doute , il
est moral et même évangélique le droit de confondre les méchans et de repousser leurs attaques ; l'Ecriture recommande
d'*avoir soin de sa réputation* (1). Si l'on peut, sans enfrein-
dre le devoir de la charité , se défendre contre des assassins ,
on le peut, on le doit même quelquefois , à plus forte raison ,
contre les calomniateurs. En proie à des ennemis implacables,
M. Maudru goûta, toutes les fois qu'il le put, le plaisir
d'exercer envers eux sa vengeance.... Et quelle vengeance?
La seule que le christianisme autorise et prescrit , celle de
leur faire du bien.

« Ces détails honorables sont attestés par les habitans des
Vosges. En apprenant la mort de celui qui fut leur compa-
triote et leur Evêque, à nos prières , à nos regrets il mêleront
leurs regrets et leurs prières ; car le tombeau ne rompt pas la
communication spirituelle entre nous et ceux qui nous précè-
dent dans l'éternité. La piété franchit l'abîme qui sépare les
deux mondes et s'élance au trône du souverain juge , pour
implorer ses miséricordes en leur faveur. Religion adorable et
si bien faite pour nos cœurs , puisqu'en nous offrant les

______

(1) Voyez Ecclésiast., chap. 41 , vers. 15.

moyens d'être encore utiles à ceux qui ont quitté le séjour terrestre, elle perpétue la tendresse des parens et des amis !

« Mais, mes frères, rassemblés dans cette funèbre enceinte où la résurrection doit un jour opérer ses merveilles, négligerons-nous de faire un retour sur nous-mêmes ? La mort de l'un est un avertissement à ceux qui survivent. En arrivant dans le monde, la première condition est d'en sortir. En sortant d'ici, nous serons plus près du dernier moment que lorsque nous y sommes entrés. Lequel d'entre nous, de celui qui parle et de ceux qui l'écoutent, paiera le premier son tribut à la mort ? Elle n'oublie aucun mortel, et cette pensée, loin d'effrayer le chrétien, doit au contraire l'encourager. Il y aurait lieu de s'affliger si nous étions confinés pour toujours dans cette vallée de larmes ; mais, réjouissons-nous, chrétiens!...... Ici bas, nous ne sommes pas chez nous ; *nous n'avons pas de cité permanente dans ce monde dont la figure passe* (1). Une autre patrie nous attend. Le Dieu que nous servons ne sera pas toujours invisible. La splendeur du jour éternel paraîtra. Appuyés sur l'espérance, ayons les yeux *fixés sur Jésus-Christ, l'auteur et le consommateur de notre foi* (2).... Nous sommes en route pour l'éternité ... Que la fin du voyage soit le commencement de notre bonheur....

NOTE (G)

Il est tout au moins singulier que M. Grégoire, déclaré *indigne* en 1819, ait été présenté trois fois consécutives par le corps législatif, pour faire partie du sénat conservateur. Comment expliquer ce concours de toutes les volontés, pour honorer un seul homme, si cet homme n'était qu'un indigne? mais alors la doctrine de l'indignité n'était point arrivée à ce haut degré de perfection ou l'ont porté les fauteurs de l'aristocratie.

(1) Héb., 13,-14.
(2) Cor., 7,-31.

Un fait encore à consigner dans l'histoire de cette infâme doctrine, c'est que, sous le directoire, du temps que Carnot en faisait partie, deux chapeaux de cardinal furent envoyés par la cour de Rome. L'un était destiné pour le vénérable M. Saurin, Evêque de Strasbourg, l'autre pour M. Grégoire. Si l'ancien Evêque de Blois n'était pas alors jugé *indigne* du chapeau de cardinal, était-il, en 1819, *indigne* d'être député? Le cardinalat exige-t-il moins de pureté dans l'homme qui en est revêtu, que n'en exigent les fonctions de député? Ou, serait-ce que le vénérable pontife avait, sur l'*indignité*, une opinion différente que celle que professe M. Lainé?.... Nous lui soumettons; cette petite difficulté elle vaut la peine d'être approfondie.

Au reste, il paraît que la faction ne veut pas rester en si bon chemin. Déjà une nouvelle exclusion, pour cause *d'indignité*, se prépare; c'est la *Quotidienne* qui nous en donne avis (1). La victime que l'on se prépare à immoler est, dit-on, un ancien membre du conseil des cinq cents. Il n'est encore que candidat; mais il est bon de s'y prendre à l'avance. *Quoùsque tandem nostrá abuteris patientiá, Catilina* (2)?.....

____

(1) Voyez la Quotidienne du 10 novembre 1820.
(2) Cicéron, 1ʳᵉ Catilinaire.

FIN DES NOTES.

TABLE

DES MATIÈRES.

FIN DE LA TABLE DES MATIÈRES.

www.ingramcontent.com/pod-product-compliance
Ingram Content Group UK Ltd.
Pitfield, Milton Keynes, MK11 3LW, UK
UKHW021205220726
13924UKWH00003B/1337